U0044614

翊青 著

只要找對整容師，現在的整容技術已經可以把臉和身體整得很自然。

　　或許不少人會說：「我看人內在，不看外表。」可是說實話，人的第一印象就是外表，你外表給人的第一感覺，就立刻讓人對你下了一半的判斷。

　　在日常生活中，去整過容的人一般不喜歡讓人知道。這代表人怕被知道自己有些地方是假的，鼻子、雙眼皮、胸部……。如果被人說是假的，一般都會感到自卑或沒面子。

　　現在很多人會說：「小整可以接受」。那是很可怕的一件事，因為整容是會上癮的。

　　長得好看的人自己知道，會格外的驕傲。

　　自戀的人，要是花錢可以讓自己更好看，這錢是絕不能省。

　　一般人對於聽到胖、老、醜的任何一樣都會不舒服。

　　這樣看來，到底誰會不看外表呢？

　　不過有一種人真的不看外表，他喜歡看人的味道。

　　外表好看像花瓶，已經看膩，如果一個人長得很一般，但是很有氣質，舉手投足很有味道，那也會讓人看了如癡如醉；不過氣質和味道終究也是外表。

　　氣質有一些是天生的，有一些是後天的。天生的氣質

有是出自書香門第、藝術世家、豪門貴族，但絕非富豪。後天的多是人生經歷特別遭遇而改變，像是長期溶於藝術、宗教、哲學……等等。

有人說法國的中年女人很有風韻，常常看她們在遠處從容走過，就已經感染到迷人的情調，等到他們走近，才發現原來是五十多歲的婦人。有人說英國男人很有味道，他們只要站著淺淺一笑，那種風度和親和力，就能令一片女人傾倒。這些皆屬於異國文化的天生氣質，氣質也屬於外表。

牢獄中的囚犯會私下互傳一些性感女人的雜誌、照片，這些都不過是讓人洩欲用的，真正讓大家感覺美的，是少數幾個對人善良和真誠的女獄警，透出她們內心散發出的美。反到幾個身材臉蛋頗有姿色的女獄警，每天以刁難、咆哮、羞辱牢犯為樂，讓人感到及其醜陋與厭惡。

原來真實的美是善良！

可是換了環境回到現實社會，外表是多麼重要。

台中大都會裏的一戶小康家庭，一對四十來歲的夫妻，有三個孩子，兩個讀小學一個讀初中。表面上看起來是很普通的家庭，但卻不是大家認為的那樣。

　　先生曾明偉是一家公司的主管，太太是多年的家庭主婦，給人感覺就是傻傻的，非常柔弱。

　　曾明偉常常有外遇，有一次甚至把性病帶回家傳給了太太，騙太太是在外接觸了不乾淨的公共廁所感染的，再帶太太去看泌尿科。

　　曾明偉在外面有兩個經常接觸的女人，一個是房屋仲介，另一個是餐廳服務生。兩個女人都很會玩，也知道曾明偉結婚了。

　　家裏老婆很乖，可是沒胸部，又不會玩。外面的房屋仲介腿粗臀大，餐廳服務生胸大，身型細長，滿足了曾明偉所有需要。

　　房屋仲介很會玩心機，當她懷疑曾明偉可能還有第3個女人時，每次和曾明偉上床都一要再要，非搞到他累死，讓曾明偉沒有體力和心思再去搞第二個外遇，漸漸得和餐廳服務生疏遠，還故意把自己的內褲塞在曾明偉的外套口袋裏，讓他的太太發現後，和他鬧得不想回家。

　　曾明偉對房屋仲介說：「妳這是搞什麼？我們一開始的時候，妳就知道我結婚了，還搞這個幹什麼？」

「幹什麼？愛你呀，幹什麼！」

曾明偉低下頭，這是自己惹出來的，沒一會再抬起頭說：「我還有三個孩子，妳不要搞我的家庭可不可以？」

「那我讓你幹免費呀？」

「妳要什麼？」

「我要你每天晚上睡在我身邊。」

曾明偉看著她，知道自己已經玩出火了，這個女人要快點切才行，「我還有孩子，妳放過我啦！」曾明偉沈重地說。

「那我讓你白幹一整年啊？」

「我把所有存款都給妳。」

「有多少？」

「四十多萬。」

「這樣吧！我給你一百萬，現在搬到我家住。」

「我還有孩子，求求妳放過我行不行？」

「這樣的話……也可以，搬來和老娘住一個月，讓老娘玩個夠，一個月以後放你走。」

曾明偉傻了，「一個月不回家，妳要我怎麼跟我太太說？」

「那是你的事。」

曾明偉想了幾分鐘，說：「是不是一個月以後，就不再找我？」

「可以。」

「好，妳讓我好好想幾天我要怎麼跟我太太講。」

「這個月還剩5天，下個月1號你搬過來！」

曾明偉騙太太要到大陸出差一個月，五天後帶著行李來到房屋仲介家。

房屋仲介是幾乎每晚天天要，要到曾明偉下面痛。這天晚上她又接著要，曾明偉這時已經幹到怕，「我下面已經做得沒感覺了，妳還想要啊？」

「我也沒感覺了，但我就是要你一直給，一個月內給到我覺得夠本。」

曾明偉面露難色，沒辦法，遇上了！別得罪她，儘量做吧！

三個禮拜後，曾明偉已經沒有任何反應，不管她如何搞，曾明偉都沒辦法再硬起來。

房屋仲介說：「你這可是不行，說好一個月內任我玩，你這一天不配合，那不算。」

曾明偉：「不是我不想，我真的做不來！我們不停幹，天天幹，兩個禮拜有14天，只休息了兩天，我是人肉做的呀！你讓我再歇兩天好不好？過兩天我回復了，一定盡力。」

仲介不屑得斜眼瞪了曾明偉一下，「陪我出去逛街。」

「好！好！好！」，曾明偉立刻爬下床穿上衣服陪她出

門去逛街。

　　晚上8點，曾太太本應該在家和小孩子們在一起，可是偏偏好朋友的媽媽住院，她搭計程車到醫院去探望朋友的媽媽。

　　計程車停在斑馬線前等紅綠燈，老公竟然摟著一個女人從面前經過，揉一下眼睛再看，清清楚楚的就是自己老公，沒錯！

　　天塌了！

　　整整一個月後，曾明偉回到家一進門，看到老婆在客廳抽煙。曾明偉用不太高興的語氣：「妳什麼時候學會抽煙的？」

　　老婆淡淡地說：「你不在，我寂寞，就開始抽了。」

　　曾明偉皺了一下眉頭，盯著老婆慢慢一步一步走近，「妳……怎麼……？」

　　「不一樣了是嗎？」老婆說，「我把鼻子墊高一點，你不介意吧？」

　　曾明偉一時說不出話，再看老婆時髦的新髮型，她整個人站起來，曾明偉睜大了雙眼，「妳……！」，怎麼胸部變得好大，臀部也翹了起來！

曾明偉的目光盯住老婆身體上下看，一時間說不出話。老婆還是淡淡地說：「我去整形了。」

曾明偉好一會才漸漸笑了出來，「不錯嘛！蠻好看的。」

「我要和朋友出去一下，晚一點回來。」

「哦，去哪裏？」

「去喝咖啡、聊聊天，不會太久。」

「哦！」

老婆走到門口正要出門的時候說：「整形花了43萬，跟你說一聲。」

「什麼！」曾明偉叫了出來。

老婆依然淡淡地說：「43萬挽救我們的婚姻，不貴。」

曾明偉聽了，臉色越變越變難看，難道……

太太的身材變得更好，臉色變得更撫媚，整個人變得高冷，說話總是這麼冷靜……，她……她這是怎麼回事？

整容改變人的不只是外表，變得最大的是人的內心。

老婆開始在外面上班，半年內升職加薪，公司裏的人議論她靠的是和經理上床搞出來的。

有一次在茶水間，兩個女員工正在沖咖啡，又在議論怎

麼有人才剛來公司就可以升得這麼快，老是在經理的辦公室裏大半天不出來。

曾太太走進茶水間，聽到兩個同事在說她，不避諱也不生氣，沖完自己的咖啡，無所謂地淡淡笑了一下走出去。

「她真是臉皮夠厚，聽了還裝作沒聽到。」

「這種女人就是這樣，她做她自己的，別人說別人的，敢做不怕別人講，了不起！」

「你看她平常也不跟大家說話，自命清高！」

「有什麼好說的，大家怎麼看她，她也知道，不用假惺惺，她跟我們不是同一類的人，遲早踩在我們頭上。」

果然，再不出半年，曾太太成了主管。

一開始沒人服她，不配合她，經理立刻開除她手下一個員工，殺雞敬猴，所有人馬上對她服服貼貼。

一年後升為副理，操生殺大權，大家連在私下議論她都不敢，怕哪個抓耙子去打小報告，自己的飯碗就不保。

老婆的收入比曾明偉的多出很多，平時和經理上上床，在外面看到了喜歡的人也上上床，收入一進六位數以後，就和老公攤牌離婚。

老公掙取孩子的撫養權，老婆說：「你要就給你，搞得火氣這麼大幹什麼？我現在哪有時間帶孩子，誰上班帶孩子誰累死！」

「女人真是太恐怖了！」曾明偉像隻喪家犬似得自言自語說，「竟然嚥得下氣，對自己狠得下心，還深謀遠慮，都完全不認識她了。」

其實曾太太20多年前從鄉下霧峰嫁到台中市之前，有一個青梅竹馬叫阿桃，他們從小學一年級的時候就在班上認識。她幫阿桃做過一次功課，從那時候起，阿桃就一直保護著她，從不讓她受欺負，還好幾次為她打架。初中二年級的時候，阿桃就沒再回到學校讀書，跟著當地的角頭過上管賭場和討債的生活，可是他還會常常去校門口等她放學，陪她走一段路回家，帶她去吃刨冰，問有沒有人欺負她。阿桃把她當成結拜兄妹一樣看待，卻不曾看出，感覺不到，人家對他羞澀的愛意。

　　高中二年級的時候，家裏的人已經開始幫她找婆家，她心裏開始急了起來，她告訴阿桃，媽媽在幫她找對象，阿桃說：「到時候我一定包個大紅包給妳！」

　　她狠狠地在阿桃的胸口上捶了一拳，哭著跑回家，阿桃感到莫名其妙，愣在原地木納地看著她的背影跑開。

　　高三下學期快結束的時候，她下了決定要對阿桃表白，要是不趕緊和阿桃結婚的話，等高中畢業證書一拿到，家裏就會將她嫁給別人。

　　她約了阿桃在土地公廟前碰面，阿桃沒有來，她等到天黑，等到晚上十點多才走，回到家還被阿爸罵。那一晚，她蓋著棉被哭到天亮。

　　兩天後，她聽到人家說，阿桃那一天早上去討一筆債打

傷人，被警察逮捕，傍晚就被送進了少年監獄。

　　高中畢業後不到兩個月，阿爸安排她嫁到台中市給一個同鄉的兒子。出嫁那一天，她沒說過一句話。洞房的時候，新郎趴在她身上，她流著淚閉上眼，心裏想著阿桃，緊緊得抱住新郎，才過得了那一晚。

　　一個月後，她偷偷地回到霧峰去少年監獄看過阿桃，她告訴阿桃自己已經嫁人，現在住在台中市，這是最後一次來看他。

　　阿桃在探訪室隔著玻璃看著她，安慰她不要哭，自己在裏面過得很好，不要擔心。等她哭著在自己面前離開後，阿桃好像稍微有感覺到，她哭的樣子和說的話，難道是在難過沒嫁給我？應該不可能吧！我這種人，現在這種條件……

28年後，台中角頭老大阿井，在夜總會裏左擁右抱。

　　這幾天阿井太開心了，他的死對頭「四大金剛」，三天前在海鮮餐廳裏，和他們政界的好搭檔「林議員」，被自己的心腹阿桃拿槍全部幹掉，從此台灣中部的江湖歷史完全改寫。阿井一手創立的「黑虎幫」成為台中第一大黑幫。

　　今後黑市裏槍支的買賣，六家最大的賭場，全由他一個人經營，最痛快的是，將來連政府建地的工程也沒人跟他搶了。

　　這些年來就是因為四大金剛，他的幫派和生意總是無法擴大，老是被壓抑者。林議員和四大金剛是從小結拜的換帖兄弟，他們一黑一白連手，台灣中部和中南部的警、政界被他們操控了有11年。不過從今天起，台灣北、中、南的江湖領界確立三分天下，他終於占了一席之地，嚐到了自己長久以來所佈局的甜頭和夢想。

　　連著三天，阿井是飄飄欲仙，興奮得睡不著，每天晚上都在自己的夜總會裏留連，慢慢地喝著小酒，和辣妹們唱唱卡拉OK。再過幾天，等警方對他徹底查詢完畢，他就要大展身手，輪到他插手注入警、政、商界，接手四大金剛的地盤和一切生意，中部和中南部的天下，全由他一個人來玩。

　　阿井一邊摟著年輕的辣妹，手下們不斷上前來報上好

消息：

「四大金剛的人，已經有不少投入我們的門下。」

「本來和四大金剛很好的議員和民意代表們，已經開始紛紛約我們吃飯。」

這些不乾不淨的政治人物，很多事不靠黑道擺不平，現在四大金剛倒台，只能來找我，阿井不自主得笑出來。

台中有名的紅燈區，這幾天老是被一些小流氓勒索、搗亂，生意根本無法做。「這些本來由四大金剛罩的貓仔間，也自己跑過來靠攏，他們希望每個月原本上交的保護費可以交給阿井，好過三不五時被一些小流氓、小幫派騷擾。」

阿井笑得合不攏嘴。

又一個手下跑到阿井耳邊，對他說了幾句話，阿井的臉一下就變色，而且越來越難看，馬上站起來走到洗手間，叫手下守在洗手間門口，不准任何人進來。

阿井一進洗手間看裏面沒人，立刻就叫：「阿桃！」

阿桃從馬桶間走出來。

阿井臉色更難看，「到底出了什麼事？」

「我在漁船上晃了兩天兩夜，大陸那邊的海巡一直繞著廈門，我們的漁船和廈門的漁船根本沒辦法接得上！漁船的人說，我們離廈門太近了，捕了兩天的魚再不換位置，他們會過來上船檢查，只好撤回台灣。回到台中港，碼頭上已經好多警察，我在船上等到天黑才敢摸上岸。看來我走海路的

消息已經泄露，還好他們不知道我是坐哪一艘船！」

「幹！是哪個環節走漏風聲？」阿井想了一下，想到後來，不是哪個環節走漏風聲，而是這時候阿桃絕不能出現，否則會壞了他的大業，要麼把阿桃藏起來，不過這樣風險太大；要麼幹掉阿桃。

阿井猶豫不決，阿桃從初中就輟學出來跟他混，兩人在窮途末路的時候，曾經一起挨餓，在搶地盤的時候，幫他擋過刀子，甚至擋過子彈，阿桃對他絕對死忠。想起過往的情義要和當下的江山做選擇，實在太難了！

這時候，阿井的小老婆打電話來，他把電話按掉，沒半分鐘又打來，阿井不耐煩得接了電話，「我現在在談事情，妳到底什麼事啦？」

「80萬！我前兩天不是才給妳200萬嗎？……要整容！」阿井愣住，「等一下……整容是不是整個臉都可以整成不一樣？……不是我要整啦！妳什麼時候要去？……好，我明天陪妳去。」

阿井切掉電話後立刻對阿桃說：「你先到我公益路的房子去住，那裏現在沒人，裏面什麼東西都有，不要出門，三餐有人會帶給你，明天下午我去找你。」說完從自己鑰匙扣裏拔出其中一支交給阿桃，然後按住阿桃的肩膀說：「阿桃，你放心！我一定會把你安排好。」

阿桃點頭，「嗯。」

兩人走出廁所，阿井對守在門外的鐵牛說：「你跟他從後門走，把人保護好。」

　　「是，老大！」鐵牛說。

　　阿井心想，明天去看看整容醫生怎麼說，不行的話就幹掉阿桃。接著把阿金叫到他董事長辦公室裏去。

　　阿金是繼阿桃之後，在「黑虎幫」裏權力最大的左護法。

　　阿井：「阿桃跑路的風聲走漏了。」

　　阿金眼睛睜的好大，說不出話。

　　阿井：「台灣警方和大陸那邊的海巡合作，阿桃根本上不了廈門港。」

　　「阿桃現在安全嗎？」

　　「現在暫時沒事，可是……抓耙子要是不找出來，不單阿桃會有事，我也會有事。這件事除了你和我，還有誰知道？」

　　「開車送阿桃到漁港上船的是大頭仔，大頭仔已經跟我八、九年了，他是絕對忠心。」

　　阿井拿起桌上的煙灰缸，用力往阿金胸口砸下去，煙灰撒了阿金一身子，「我幹你娘的！這麼重要的事，我叫你做，你卻叫別人去做！」

　　「老大，大頭仔和我一起關過六年，我跟他家每一個人都很熟，他死去的大哥還是我的結拜兄弟啊！」

　　阿井走到阿金面前，一巴掌扇下去，「你現在比我有

理是不是？歷史上為了利益親手殺自己兄弟的還不算少是不是？」

阿金的嘴角被打出血，沒再出聲。

「還好阿桃搭哪一艘船只有我知道，如果阿桃被抓，你跟我進了監獄這輩子就別想再出來！」說完用力把手中的香煙丟到地上，「把大頭仔查清楚，不是你就是他！」氣沖沖地走出辦公室。

第二天下午，阿井去找阿桃。

阿井走進屋子在沙發上坐下，拿出香煙，鐵牛立刻靠過去點煙。

阿井：「我想了一個辦法，去做整容，完全改頭換面，以後你的長相就完全不一樣，這樣最安全，你願不願意？」

阿桃想了大約有10分鐘，「好，這樣也比被抓去坐牢好！」

「好。」阿井說，「明天一早就去。改頭換面後，你就可以繼續留在我身邊，名字也要換，我會弄一張新的身分證給你。早上9點你到這個整容診所，我等一下就去把費用付清。」說完拿出一張名片給阿桃，「這是整容診所的地址，名片背面也要看清楚。」

阿井走出房子後，阿桃翻過名片背面一看，寫了三個字「殺鐵牛」。

半夜，阿桃走到客廳，鐵牛睡在沙發上。

阿桃慢慢地走近，先捂住鐵牛的嘴，再用水果刀往他脖子一劃，血濺得阿桃滿臉都是。

阿井在自己的討債公司裏。

一個手下走進他的辦公室，說有人要請他追債。

「叫阿金跟他談就好了！」阿井說。

「他指名要找你。」

「我是隨便人都可以見的嗎？這種事不要來煩我！」

「他說他是你初中同學。」

阿井一臉雙不耐煩說：「叫什麼名字？」

「他沒講。」

「帶他進來！」

手下帶這個人進阿井的辦公室，他在阿井面前坐下。

阿井看了他一下，「你說我們是初中同學？」

「是啊！一年丙班。」

阿井聽了這個聲音，驚訝得張大嘴。

「老大。」

「阿桃！」

阿井鎮定了一下後，走到阿桃面前雙手摸上他的臉。

「我完全認不出來！」阿井依然驚訝地說，「太好了！從今以後，你繼續跟我打天下！哈哈哈！……我怎麼一開始沒想到可以這樣！哈哈哈哈……！」

辦公室外面幾個人聽到阿井在裏面大笑。

「老大是在高興什麼？」

「他的初中同學很久沒見面了。」

「原來是這樣！」

阿井：「你去樓下的照相館，照幾張身分證用的照片，我來幫你辦身分證和駕照。你想用什麼新名字？」

阿桃想了很久，「我一直很崇拜關公，就叫關羽好了。」

「這不行！同名同姓的，一聽就太假了，容易讓人懷疑，關天羽好了！」

「不錯，蠻好聽的！」阿桃點頭說。

兩個人在餐廳裏和以往一樣，大口肉，大口酒得吃起來。

阿桃：「不用跑路真好！」吃了一口飯，再灌了一口威士忌。

阿井搖搖頭說：「我怎麼早沒想到呢，兜了一大圈！」，喝了一口威士忌，又說：「黎明路那間房子裝潢比較好，你去住那裡吧！再添一些家具就行了。」

「老大，我想回去找阿玲。」

「不行！」阿井馬上變了臉，把一口飯吞下去，說：「你的身分只有我一個人能知道，尤其現在風聲這麼緊。」

「不然……我不要讓她知道是我就好了。」

「不讓她知道是你，你怎麼去找她？」

阿桃沒出聲。

阿井想了一下，「這樣吧！過幾天我叫她來我家吃飯，介紹你們認識，你重新追她好了！」

阿玲跟了阿桃有20年了。阿玲17歲就出來賣，20歲的時候遇上阿桃，阿桃嫖了她三次以後，就約她去看電影，從此阿桃常常在凌晨2點多的時候到妓院門口等妓院關門，帶阿玲去吃宵夜。三年後阿桃有錢了，就幫阿玲贖身。

阿桃很喜歡阿玲，在外面打打殺殺的人，他從來沒對阿玲大聲過。阿桃買了一棟房子，也只註冊阿玲的名字。阿玲出來賣的第1年得過性病，病毒感染整個子宮，只好把子宮切除，兩個人沒有孩子，阿桃從來沒埋怨過，這樣過了20年。

阿井叫阿玲到家裏吃飯，在飯桌上介紹'關天羽'給阿玲認識，吃飯的時候要關天羽坐阿玲旁邊。

阿桃：「我叫關天羽，是阿井以前初中的同學，現在過來幫他做事。」

阿玲聽了關天羽的聲音，睜大眼看著他，像個木頭一樣說不出話。

「阿玲！阿玲！」阿井叫道。

阿玲已經傻掉了，完全沒聽到阿井在叫她。

阿井叫得更大聲，「阿玲啊！」

阿玲才回過神，「啊！老大……」

阿井：「不要這樣一直盯著人家，快點吃飯。」

阿玲一邊吃飯，一邊聽關天羽說話的聲音、語氣，怎麼和阿桃一模一樣！飯吃到一半，竟然把碗筷放下，難過地擦起眼淚。

「阿玲，妳是什麼了？」阿井問。

「沒有啦！沒事。」阿玲擦了眼淚，把筷子拿起來繼續吃飯。

關天羽看了，沒有再說話。

吃完飯，阿井對阿玲說：「妳跟我到陽台來一下。」

兩人坐在陽台上，看著台中市的夜景。

「阿玲，關天羽是我很好的朋友，現在還單身，阿桃一年半載內也回不來，妳可以和天羽交往看看。」

「老大，阿桃答應我，等風聲一過就會回來找我。」

阿井抽了一口很濃的煙，再說：「五條人命，他是要怎麼回來？我已經給他一筆錢在國外重新開始生活，妳要明白現實的狀況。」

「老大，不然你送我去國外和阿桃一起生活好不好？」

「妳要知道，現在除了我，不能有第2個人知道阿桃在

哪裏，妳希望他平安無事，就不要再問任何關於阿桃的事。阿桃走之前，要我把天羽介紹給妳。」

阿玲立刻流下兩行眼淚。

「天羽人不錯，妳和他交往看看。」阿井說完就站起來走進屋子裏。

做老大的說正經話時候，話不必多。

隔天。

關天羽打電話約阿玲出來吃飯。

阿玲聽關天羽在電話裏的聲音和阿桃一模一樣，一顆心幾乎痛到要心碎。

阿玲對關天羽一推再推，就是不和關天羽見面，推了幾次以後，阿玲在電話裏直接對關天羽說：「我老公阿桃說他會回來找我，我要等他，你不要再打來了。」

關天羽和阿井商量，既然阿玲對自己這麼死忠，還是告訴她好了。

「絕對不行！」阿井大聲得說，「你跟我出來！」

兩個人從討債公司走到馬路上，阿井說：「現在風聲沒過，我們四周可能到處都是警方的竊聽器，為了安全，這件事不要再說了。你跟阿玲生活了這麼多年，她喜歡什麼，吃哪一套，好好重新把她追到手，要是追不到，我找兩個身材好的，天天晚上陪著你。阿桃，你要知道我們的江山好不容

易打下來，現在是台中第一大幫，不要因為女人把一切都白白送走，絕不能冒這個險！」說完從口袋裏拿出兩張證件，「一張身分證，一張駕照，這兩張都是真的，不用怕臨檢，唯一怕的是你的指紋，盡快把指紋全部磨掉。」

當天晚上，阿井和關天羽在夜總會裏喝了不少酒，再到妓院去。

阿井事先找了一個長得像阿玲的妓女，陪了關天羽整個晚上。

可是，兩個人20年的感情；阿桃把阿玲從每天晚上聞不同口臭，吃不同口水的地獄帶出來，給她關懷和家庭。阿桃要是受了傷回家，阿玲每次照顧到他完全康復，她知道阿桃是江湖人，雖然每次看了難受、討厭，可是沒有任何怨言，她明白這叫做「命」，電視裏的美滿家庭，那是社會另一層不切實際的畫面。阿桃會帶她去逛街，買衣服給她，買房子給她，帶她去泰國旅遊，她對阿桃只有愛，深深的愛，沒有其他。

這是江湖世界裏真正的相依為命，兩個人對互相的感情，不是說放就放那麼容易做得到。

警方發現阿井身邊多了一個叫關天羽的人，這個人沒有任何前科、沒有江湖背景，一進幫會就和阿井平起平坐，阿井還把不少生意交給他管，警方很好奇。

　　左護法阿金去三溫暖，在按摩房和按摩小姐搞完後，到蒸氣室裏。

　　三組的組長已經在裏面蒸了半個鐘頭。

　　「找我做什麼？」阿金說。

　　「做什麼？阿桃呢？」

　　「找不到，應該還在台灣，阿井說他上不了廈門港。」

　　「快一個月了，為什麼一點眉目都沒有？」

　　「為什麼？阿井不說，有什麼辦法！只有他一個人知道阿桃在哪裏，連阿玲都不知道。」

　　「他不說，你就不查啊？」

　　「阿桃跑路的路線只有他跟我知道，再查他就把我幹掉了！」

　　「我付你錢不是要聽理由，是要結果。」

　　「不然你找別人做嘛！抓耙子那麼好當嗎？抓耙子就不要命啊？」

　　兩個人口氣越來越大聲。

　　一直到一個陌生人走進蒸汽室，兩個人才不說話。

15分鐘後，陌生人走出蒸汽室，組長才又開口，「關天羽是什麼人？」

　　「阿井的初中同學。」

　　「我查過他的資料，這個人底子很乾淨，不像是出來混的。」

　　「可是他處理事情和生意的手腕很老練，像個老手。」阿金說。

　　「當然了！能和阿井平起平坐，同進同出的。」組長說，「喂！你可不可以跟我說一些我不知道的。」

　　「幹！不然你找別人做好了。」阿金氣得站起來走出蒸汽室。

　　「喂！」組長叫了出來，「下次早一點來，不要跟按摩妹搞這麼久，我在裏面蒸太久會頭暈啊！」

　　阿金出了蒸汽室，嘴裏念念有詞，「我幹你老母！……」

　　晚上。

　　阿井、關天羽、阿金在餐廳裏吃火鍋，幾個手下站在他們後面。

　　三組組長和兩個便衣警員「剛好」也來吃飯。

　　組長：「阿井，這麼巧，你也在這裏吃飯！」

　　阿井：「是啊！怎麼這麼巧，坐啊！」

組長和兩個便衣坐下，阿井把一瓶XO遞給組長。

組長把酒倒了一些在面前的杯子裏，「這位是誰？怎麼沒見過。」

阿井：「這是我新請來的，幫我處理一些生意，叫天羽。」

關天羽單手舉起酒杯，「組長，隨意。」

組長：「我都還沒自我介紹，你怎麼知道我是組長？」

「我在電視新聞看過你。」

「哦，什麼時候的新聞？我都好久沒上電視了。」

「是啊！好久了，那時候你還戴金邊眼鏡。」

「哇！那是……兩年前了，你記性不錯。」

阿金：「組長啊！你現在是來吃飯還是查案，問那麼多！」

組長笑了一下，對關天羽舉杯一口乾掉。

關天羽也接著一口乾掉。

組長一邊撈著火鍋裏的肉一邊說：「天羽兄是哪裏人？」

阿井朝關天羽看了一下，看他怎麼應付。

「我台中人，組長你呢？」

「我也是台中人，你讀哪一間小學？」

關天羽笑了一下，「組長，我現在是在吃火鍋，你查我戶口啊？我都沒胃口了！」

「哎！第一次見面大家認識一下嘛，那麼敏感幹什麼？」

「你別人都不問只問我，你是在給我下馬威是吧？」

「哎！想到哪裏！我這個人愛交朋友，隨便問一問。」又說，「讀哪間小學？」

關天羽把筷子放下，瞪著組長。

組長：「怎麼樣，不能說啊？」

關天羽口氣大聲起來，「我嘞幹你娘的！你讀哪間小學？哪間中學？哪一年警校畢業？你老婆下一次月經什麼時候來？全部給我交代清楚，這裏是我的地盤，不是警察局，你給我搞清楚！」

組長不動聲色，笑笑說：「大家交個朋友互相了解一下，有必要這樣嗎？」

阿金：「組長，這就是你不對了！他已經好幾次跟你說要好好吃飯，不想讓你問了，你還問東問西，你是自己找罵，更不把我們老大放在眼裏！」

組長：「怎麼會呢！我跟阿井這麼熟了，你們想太多啦！不過是吃飯喝酒多聊了幾句，對不對？」

阿金臉上沒了笑容，口氣變得有點凶：「那我們不想跟你聊不行啊？」

組長看火藥味越來越濃，「我還要去辦點事，不能待太久，你們慢慢用。」舉起酒杯，「阿井啊！我先來去。」再

乾了一杯。

　　阿井笑了一下，舉起酒杯隨意了一下。

　　組長和兩個便衣轉身要走出餐廳。

　　阿金罵了一句：「我幹你娘的！」

　　組長聽見了，腳步停了一下，沒有轉身，繼續往前走。

　　阿井：「天羽，三組好像對你有興趣，最近注意一點。」

　　阿井再喝了一口酒，轉頭對阿金說：「阿金，你火氣那麼大幹什麼？」

　　阿金：「人家吃飯吃得好好的來破壞氣氛，這不是欠罵嗎？」

　　阿井多看了阿金一下，阿金心跳開始快了起來，點上一支煙，自己喝了一杯。

阿井叫司機把車子開到河邊，和關天羽下車，兩人沿著河堤邊走。

　　「老大，什麼事情要到這邊說。」

　　「公司裏面有抓耙子，任何地方都可能有竊聽器。」

　　「你懷疑是誰？」

　　「你覺得呢？」

　　關天羽想了很久沒說話，他不是沒想到，只是沒證據的話不亂說。

　　「你跑大陸的事警方明顯是知道的，你想想看，廈門海巡出動，台中港也一大堆戴帽子的在等你，不可能是巧合。你把那天走的過程跟我說一次。」

　　「那天，你走了以後，我和阿玲在房子裏待到第2天沒出過門。晚上7點，阿金和大頭仔過來，大頭仔開車送我到港口，我目送大頭仔開車離開以後，找到船身寫有甜尼號的漁船，上了船後船馬上就開走，過了金門看到大陸那邊好多艘漁船，也看到6艘大陸海巡，漁船上的人立刻跟其他台灣漁船一樣下網捕魚，想不到連著兩天，那6艘大陸海巡一直不撤走，開漁船的人說已經兩天了，不能一直待在這裏，不然大陸海巡會懷疑，要求上船檢查，雖然他們沒權利這麼做，可是必要的時候他們會，不要給他們有藉口。一離開海上原來的位置，和預定接我的大陸漁船就接不上了，他們也

會撤走，所以就掉頭回台中港。一到台中港，竟然看到一大堆穿制服的和便衣，他們到處看、到處搜了好久都不走，我在船裏的暗倉躲到天黑才摸上岸，叫了計程車到夜總會找你。」

阿井想了一陣子才開口，「阿金叫大頭仔送你去港口，自己不去，你不覺得奇怪嗎？」

「都是打打殺殺過來的人，要害我的話，還需要演這麼多戲嗎？」

「我6點40分告訴阿金你的地址，那個時候我在天仁茗茶，阿金在黑貓的店按摩，到你那裏只要20分鐘。

7點5分他如果沒到，我會打電話叫你立刻走人。

7點半你沒到港口，我會叫你在車子裏把阿金幹掉。

我把時間都招得好好的，排的非常緊湊。如果阿金要害你，也必須看到你出現才能動手。他也怕我下套試探他，他要通風報信，也必須確實看到你了才能做，可是一看到你，你就會一直盯著他，他怎麼通風報信？只有離開你的視線才行，所以阿金的嫌疑比大頭仔來得大，但是大頭仔那天也見過你，也不能排除大頭仔的嫌疑。」

關天羽慢慢地說：「阿金跟我們也十幾年了！」

「四大金剛倒了，你被抓，再來才能幹掉我，台中就他一個人的。以前我們每年賺2億，四大金剛倒了我們每年可以賺四十幾億，他會不會做，很難說。」

「會不會是漁船的人通風報信？」

「不太可能，他們根本不知道這次是載誰，而且那天晚上，我把船主大尾仔兩個兒子帶到了我家，他應該不敢。」阿井看向關天羽，「會不會阿玲不小心跟朋友……」

「絕不可能！阿玲也算半個江湖中人，不會犯這種錯。」

阿井點頭，「嗯，應該不會。」

「那阿金和大頭仔，你打算怎麼辦？」

「試他們一下，馬上就可以試出來。」

兩人在河堤邊停下來，看著前方。

阿井：「還記得嗎？我們小的時候這裏都是田，現在蓋了房子，田地變金地。」

「那時候我們跟這裏其他的孩子打打鬧鬧，多好玩！」

「阿桃！」

「嗯？」

「會不會怪我帶你走入江湖？」

「說什麼話！我初中一年級沒讀完，就已經沒有學校要收我了，打架沒輸過，只有一身膽，不入江湖，做什麼才能有出頭天？我至少還買了房子給我媽住，光是這個，就沒有白走江湖，你想到哪裏去？」

「可是你現在不能做自己了。」

「有什麼不好？可以重新開始。世界上誰可以像我一

樣，人生可以重新開始的！」

「不過你媽和阿玲都不認得你了。」

阿桃有一會沒說話，想了一下才說：「等通緝的時間過了再告訴他們，讓他們先辛苦一下子。」

「你媽那邊你怎麼跟她講的？」

「警方早晚會去問她，我跟他說到了國外會寫信給她。」說完眼睛閃出了一點淚光。

「有去看她嗎？」

「在遠處看，我怕警方也盯著她，等過一陣子再去和她說話。」

「嗯，你放心！過幾個禮拜以後，我會安排你和她通一下電話。阿玲那邊呢？」

「她說要等我，叫我不要再找她了。」

「想不到她對你的感情用得這麼深，我來想想辦法。」

「有一點我想不通。」

「什麼事？」

「警方到底想要什麼？瓦解黑道嗎？」

阿井笑了一下，「你記不記得我們剛剛出來混的時候，有『一清專案』。」

「嗯，是啊。」

「接下來二清、三清，清到最後現在怎麼樣？春風吹又生。政府沒辦法安頓好我們這種人，黑道一直會存在，除非

回到我們小時候蔣經國的戒嚴時期，否則黑道永遠會在。抓了整個幫派，不用半年，又會有好幾個幫派出來卡位，有人的地方就會有江湖，到哪裏都一樣。」

「三組一直來找你，到底想幹嘛？」

「社會安定。」阿井說，「江湖的社會不要影響到百姓社會，他們要能掌控的住，不是要瓦解，因為他們已經明白瓦解不了，所以要好好共存，隨時掌握我們的情況、權力、勢力，當我們要擴大的時候，他們就要來約束。

這次四大金剛和王議員槍擊案已經動蕩到民心，他們不得不辦到底。

如果他們辦不了，就如同告訴百姓社會，江湖又擴大了，百姓社會和江湖快要失去平衡了，反對黨也不會給他們好日子過，所以這個風聲沒有個三、五年，是不會過的。」

阿玲和平常一樣，早上到市場買菜，下午去看阿桃的媽媽。

　　阿桃跑路前，留了一千萬現金在床底下給她，告訴她不要存銀行，不要放銀行保險箱，不要讓警方和周圍的人覺得生活上和平常有任何不一樣。

　　阿玲從阿桃媽媽家回來，有個人在她一下公車的時候，跑來告訴她：妳老公要打電話給妳，去前面的7-11。

　　阿玲愣了一下，想了想，走進7-11，立刻有另一個人把一只手機塞到她手中，然後到櫃台買了一包煙，走出7-11。

　　電話響起，阿玲接上，是阿桃的聲音「喂！阿玲。」

　　「阿桃！」阿玲差點哭了出來。

　　「阿玲，我現在人很好，妳不要擔心！」

　　「阿桃，我很想你！」說完眼淚還是流了下來。

　　「我也很想妳，妳現在都在做什麼？」

　　「買菜和去看你阿母。」

　　「妳不要擔心我，我這邊很安全，知不知道？」

　　「阿桃，我去找你好不好？」

　　「不行，妳現在被警方盯著，妳來找我他們會跟著妳。」

　　「那怎麼辦？」

　　「妳和平常一樣過正常日子就好。」

「那你什麼時候可以回來？」

「我也不知道，可能要過幾年。」

「這麼久！」又是兩行淚，「怎麼這麼久？」

「我走了這條路，就是這樣了，不要難過！」

「阿桃，我好想你，你到底在哪裏？」

「傻瓜！不要問這種問題。找一些事情做，日子會過得很快。過幾天老大會給妳一份工作，妳要去上班，知不知道？」

「知道。」

「把妳那些好姐妹，素芬、阿萍，常常叫來家裏玩，才不會無聊，知不知道？」

「知道。那我怎麼打電話給你。」

「傻瓜，妳不能打給我，我會再打給妳，知道嗎？」

「喔！」

「哪！現在聽清楚，回到家把這支電話的晶片抽出來，丟到馬桶裏沖掉，如果需要什麼，就去找老大。懂不懂？」

「懂。」

「好了，不要說太久，妳現在隨便買一樣東西再走出去，知道嗎？」

「知道。」

「乖，我會再跟妳聯絡。好了，這次不要說太久，外面可能有警察盯著，我掛了！」阿桃把電話切掉。

「喂！喂！」阿玲說，「怎麼這樣？也不再說一下。」

把電話收到包裹，隨便買了一份雜誌，走出7-11。

到了家，照阿桃說的把晶片從電話裏抽出來丟進馬桶沖掉。

三天後，阿井打電話給阿玲，叫她到自己開的西餐廳上班，做領班、端盤子、收盤子，周末生意好的時候，從中午做到晚上，累了一天，日子過得也比較快。

一個月後，阿井看阿玲進入上下班的習慣，便調她到夜總會。

阿井對媽媽桑說，阿玲是我弟妹，妳可要看好她，別讓任何人欺負，我只是要她來見見世面。

很快，關天羽就常常來點她的枱。

阿玲開始化濃妝，穿金亮片的禮服，學和客人說說笑笑，但骨子裏總是有一股土氣在。其他姐妹看媽媽桑對她特別好，老是給她好客人，心理都不是滋味。

姐妹們在更衣室裏妳一句我一句的。

「一身傯樣，話都不會講，憑什麼大姐把好客都給她？」

「我看她可能認識大姐，不然哪有這麼好的事！」

「大家都是辛苦命，但是她有關係呀！她了不起呀？我要讓她好看。」

「算了啦！賺錢比較重要，哪有時間去搞她，萬一大姐知道了就不太好！」

「幹！你祖媽一定要給她好看！」

當天晚上，夜總會來了青海幫五個常客，每次來都玩得很有分寸，小費給的也多。

媽媽桑叫了七個小姐連同阿玲一起進了VIP房，唱歌、喝酒、劃拳，夜總會裏玩來玩去也就是這幾樣。

瑪麗對著坐在阿玲旁邊的客人說：「我跟阿玲划拳，要是阿玲輸了你喝，我輸了他喝。」指著自己旁邊的客人。

划拳划了幾下有輸有贏，瑪麗又說：「這不好玩，玩刺激一點，你們男生划，輸了女生就脫一件。」

「好啊！好啊！」五個男人高興得拍起手來。

拳划了沒多久，瑪麗和阿玲身上都剝得只剩下裙子和奶罩。

兩個男人又要划最後一把的時候，瑪麗竟突然伸手去把阿玲的奶罩扯下來，兩粒小乳房讓大家看得清清楚楚。

奶罩在瑪麗手裏，就是不還給阿玲。

瑪麗：「叫一聲祖媽就還給妳！」

阿玲氣得滿臉淚水，用手遮著兩粒奶子跑出去。

其中一個客人說：「瑪麗啊！有必要玩到這樣嗎？」

瑪麗：「我看她不爽很久了！」

「我們是來這邊開心的，妳把人家都弄哭了，這是幹什

麼？」

　　瑪麗一看客人埋怨，於是說：「今天算你們好運！」把桌上的XO倒滿半杯，「誰給我瑪麗面子，把這杯乾了，我這兩粒比她大10倍，就讓你們見識一下！」

　　其中一個客人馬上把桌上那半杯XO喝掉。

　　瑪麗慢慢脫掉奶罩，卻用雙手遮住乳暈。

　　「哇！真的好大粒，是不是有打針？」一個客人伸手要摸。

　　「針你老母啦！」拿開一隻手去拍客人，一下子露出乳暈，客人們開心得大笑起來，馬上把氣氛再度炒熱。

　　夜總會打烊，幾個姐妹在員工更衣室裏。

　　一個姐妹對瑪麗說：「可以了啦！我看阿玲是老實人，大家都是來賺錢的，和氣生財，不要再搞她了。」

　　瑪麗：「我一定要搞到她叫我祖母！靠關係進來，長得一副慫樣，也要在這邊混，憑什麼？」

　　「唉！她又沒得罪妳。」

　　「我瑪麗整人需要理由嗎？」

　　隔兩天。

　　阿井和關天羽帶了幾個手下去棒阿玲的場。

　　大家進了貴賓房坐下，關天羽對阿井說：「老大，阿玲

雖然出身不好，可是也已經過了20年家庭主婦的生活了，她在這邊做，這樣好嗎？她之前在西餐廳不是做得好好的？」

阿井：「你想想看，這種地方是什麼環境？她過了20年家庭主婦的生活，一下子跳到這種環境，一定感到很艱難，這時候你再關心她、體貼她，不更好嗎？」

關天羽漸漸笑了出來，「想不到你還有這招！」

阿井也笑了出來，拍拍關天羽的肩膀，「自己多來幾趟。」

媽媽桑帶了一群姐妹進來，叫阿玲去坐在關天羽旁邊。

大家玩了一陣子，瑪麗又找阿玲划拳。

阿玲臉色很難看，「我不會划。」

瑪麗笑著說，「開玩笑，不會划拳還能再這裏混嗎？」說完已經拉起兩邊的袖子。

阿玲：「輸的要怎樣？」

「喝酒啊！」瑪麗看了一下桌上的XO說。

每次瑪麗輸了，自己就倒一小口，阿玲輸就倒得比較多，到最後把阿玲的酒杯倒上整整半杯，關天羽在旁邊已經看得很火大。

阿玲又輸了一次，瑪麗拿起阿玲的酒杯用力往她嘴裏猛灌，阿玲擋都擋不了，還吐了一口。

關天羽站起來把瑪麗手中的杯子打到地上，大罵：「喝

酒有這樣喝的？」

　　瑪麗：「她酒量很好，沒事的，最重要大家開心！」

　　關天羽：「我現在不開心，怎麼辦？」

　　瑪麗：「好啦！她輸了把這杯乾掉就不玩了嘛！其實她很能喝，喝了以後叫她跳舞給你們看，那才真的開心。」又拿起XO倒滿半杯，要逼阿玲喝。

　　關天羽向前走一步，一巴掌重重得打在瑪麗臉上，大家都靜了下來。

　　瑪麗狠狠瞪著關天羽。

　　關天羽再反手一巴掌打在瑪麗臉上。

　　瑪麗嘴角出血說：「我男朋友是青龍幫的……」

　　話沒說完，又是一巴掌。

　　關天羽把瑪麗的杯子倒滿一整杯說：「跟阿玲道歉，把這杯乾掉，妳就可以出去了。」

　　瑪麗想和關天羽吵，又怕一開口再吃一巴掌，便氣呼呼得跑出去。

　　關天羽拿紙巾幫阿玲擦灑在身上的酒，阿玲把關天羽的手撥開，哭著走出去。

　　關天羽追出去，進了員工更衣室。

　　阿玲哭著說：「這邊你不能進來啦！」

　　「沒關係！我跟這裏的經理很熟。」

　　阿玲邊哭邊抽著面紙。

關天羽：「她是不是常常欺負妳？」

阿玲點點頭。

「我叫她明天不用來上班了。」

阿玲看了關天羽一下說：「你這麼大尾喔？」

「經理跟我是好朋友，他會聽我的。」關天羽慢慢伸出手，拍著阿玲的背，「以後誰在欺負妳，馬上打電話給我。」

阿玲把身子挪開，不想讓關天羽碰她，「人家有老公啦！」

「傻瓜！我知道，妳跟我說過了，我把妳當好朋友啊！」

聽到「傻瓜！」，阿玲整個身體僵住，盯著關天羽，怎麼口氣總是這麼像阿桃！

「怎麼了！幹嘛這樣看我？」

阿玲突然說：「你是不是阿桃？」

關天羽一下變了臉色，馬上就回復過來，「妳喝醉了呀！誰是阿桃？」

「噢！沒有，是我喝多了！」

關天羽安慰了一下阿玲，再扶阿玲回貴賓房。

來到貴賓房門口，瑪麗帶了一幫人從夜總會大門衝進來，每個人手上都有鐵棍，阿玲看了嚇得後退撞在關天羽身上。

瑪麗狠狠看著阿玲和關天羽，「幹你娘的！今天要你們死得很難看。」

　　瑪麗回頭對身後的人說：「給我手腳通通打斷！」

　　怎麼沒動靜？瑪麗又回頭說：「給我動手啊！你們站著幹什麼？」

　　在瑪麗身後帶頭的人臉色很難看，尷尬地對關天羽說：「關老大，你今天來這邊唱歌啊？」

　　關天羽：「你是誰？」

　　「我是青龍的黑鰻，阿井老大乾爹做壽那天，我們在海中樓見過！」

　　「你是這女人的什麼人？」

　　「就朋友啦！聽她說有一些麻煩，我就過來看一下而已。」

　　「嗯！全部給我進來。」

　　一群人跟在關天羽和阿玲後面進了貴賓房。

　　關天羽大聲說：「把音樂關掉，燈打開。」

　　房間的燈一亮，黑鰻看阿井也在，嚇得鐵棍掉到地上馬上又撿起來，立刻對阿井鞠躬說：「老大！」

　　阿井問關天羽：「這些是什麼人？」

　　「阿井老大！我是青龍的黑鰻。」彎著腰畢恭畢敬得說。

　　阿井：「什麼事？」

　　黑鰻笑嘻嘻得說：「沒有啦！沒事！只是小小的誤會，

沒事！」

關天羽扶阿玲坐到沙發上，然後指著瑪麗說：「這個女人在我面前用酒灌我的朋友，叫她停還不停，我教訓她一下，她說她男朋友是青龍的，你們誰是她男朋友？」

沒人說話，關天羽轉向瑪麗，「哪一個青龍的是妳男朋友？」

關天羽坐著說話，就像開堂審犯人一樣，「妳剛才叫人要把我們手腳打斷，我有沒有聽錯？」

黑鰻：「她只是說氣話！氣話！我們沒有那麼壞啦！」

「我現在是問你嗎？」，又轉向瑪麗說：「我剛剛給妳台階下，叫妳道歉，把這杯乾了就可以走，妳不道歉又不喝，還帶人帶傢伙回來，這個陣容是什麼意思？」

關天羽轉向阿井，「老大，這怎麼辦？沒有把我們放在眼裏。」

阿井：「這種垃圾，竟敢不給阿玲面子，你來處理好了。」

其他的酒女聽到，嚇得心理不停砰砰得跳，看向阿玲，我以前沒得罪過她吧！

關天羽：「黑鰻，你過來。」

黑鰻把鐵棍交給身邊的手下，才敢走到關天羽面前。

關天羽把剛才倒滿的一整杯酒拿到黑鰻面前。

黑鰻用雙手慢慢地接過酒杯，笑笑地對關天羽敬了一

下，再對阿井敬一下，對阿玲敬一下，然後一口喝掉，整個人變得搖搖晃晃。

關天羽點頭，「可以了。」又倒滿一杯，把酒杯指向瑪麗。

瑪麗也來到關天羽面前，雙手接過酒杯，「關大哥，對不起！阿玲姐，對不起！」喝掉整杯的酒。

關天羽再拿起酒瓶，把瑪麗手裏的杯子倒滿，「妳說要把我手腳打斷，很不給我面子哦！」

瑪麗已經站不太穩，再慢慢地把整杯酒再喝光。

關天羽再把瑪麗的杯子倒滿，學瑪麗剛才對付阿玲的口吻說：「我看妳其實很能喝，把它喝完跳舞讓大家開心嘛！」

瑪麗搖搖晃晃得再拿起酒杯往自己灌，灌到一半，吐了自己一身然後醉倒在地上。

關天羽大叫：「把她手腳給我打斷！」

「啊！」黑鰻聽了嚇一跳，「關老大，她已經這樣子了，不然算了！」

關天羽瞪著黑鰻，「今天有人要把我手腳打斷，我讓她喝三杯就算了？明天有人要拿槍射我，我是不是讓他喝四杯就算了？」

黑鰻一臉難堪，叫後面的手下把瑪麗拉起來，用鐵棍往她手臂打下去，瑪麗叫了一聲，又吐了一次。再往她腳用力

打下去，又叫了一聲，再吐一次。

關天羽：「好了，擡出去。以後要來我地盤砍人先問過我，不要沒規矩。」

「是！是！」黑鰻不停得點頭。

青龍幫一夥人把瑪麗擡出去，黑鰻：「阿井老大！關老大！阿玲姐！你們慢慢喝，我先走了。」不斷鞠躬以後才退出貴賓房。

關天羽：「關燈，唱歌。」

音樂再打開，沒有一個酒女敢出聲。

從此以後，夜總會所有的人包括媽媽桑，看到阿玲都迎著笑臉叫她「阿玲姐！」

幾天後，關天羽再來棒阿玲的場。

「好啦！妳就跟我出去吃一次飯，就一次！」關天羽說。

「我有老公了啦！這樣不好啦！」

「好啦！就吃飯而已嘛。」

阿玲心想他幫過我，也不要太不識相，說：「就吃飯而已？」

「對，只有吃飯。」

隔天，關天羽接阿玲去吃晚飯，帶阿玲到她最喜歡的肉羹攤子。

阿玲站在攤子前面，又再睜大了眼，看著關天羽。

　　「坐啊！妳怎麼不坐？」關天羽說。

　　「誰告訴妳我喜歡吃這個攤子，是不是阿桃？」

　　「誰是阿桃？」

　　阿玲臉色不太好看，慢慢坐下來。

　　「這個攤子在這邊是最有名的，來的人很多，妳來過啊？」關天羽轉向攤子的老闆：「兩碗滷肉飯，兩碗肉羹，一盤油豆腐和鴨舌頭。」

　　阿玲聽完關天羽點得菜，立刻站起來，帶著淚生氣得說：「是阿桃叫你來追我的對不對？」

　　「妳一直說阿桃，阿桃到底是誰？」

　　阿玲慢慢坐下，臉色越來越難看。

　　菜都上齊了，關天羽開心地和以前一樣，嘴裏吃著滷肉飯，同時夾一塊油豆腐沾了甜辣醬和醬油膏餵到阿玲嘴邊。

　　阿玲關於承受不住，流下了眼淚。

　　關天羽愣住，糟了！自己太開心得意忘形，趕快把油豆腐放進阿玲碗裏。

　　阿玲一邊吃一邊流著淚說：「是阿桃教你的對不對？他已經不打算回來了對不對？所以叫你來照顧我。」

　　關天羽拿紙巾幫阿玲擦了眼淚，「阿桃是不是妳老公？」

阿玲點頭。

「他是不是也帶妳來過這裏吃飯？」

阿玲點頭。

「我真的不認識阿桃，阿桃現在在哪裏？」

阿玲擦了眼淚，「我不知道。」

兩人靜靜的吃飯，沒有再說話，關天羽不敢再幫阿玲夾菜。

吃完飯，關天羽送阿玲去夜總會上班。

阿玲下車的時候說：「你真的不認識阿桃？」

「不認識。」

「我真的很謝謝你前幾天幫了我，可是我心裏只有阿桃，你不要再來找我了。」

「當好朋友找妳好不好？」

「不好。」

「當客人找你好不好？」

「不好。」

「當經理找妳好不好？」

「啊？」

「夜總會是阿井開的，我是他的經理。」

阿玲用手去打關天羽，「你怎麼這麼無賴！」

關天羽抓住阿玲的手，「阿玲，我絕不會做妳不喜歡的

事，阿桃要是回來，我馬上離開。」

「不要啦！」阿玲朝關天羽身上捶得更大力。

「不要打，不要打，路邊有人在看啦！」

當天晚上，夜總會裏傳著，有人看到阿玲在車子裏打關天羽，原來阿玲是恬恬吃三碗公半的黑市夫人，大家對她更加畢恭畢敬。

阿井和關天羽再次來到河堤邊，順著河堤流水的方向慢慢走下去，司機在馬路旁靠著車子抽煙。

　　阿井：「我想了很久，覺得抓耙子應該就是阿金，但是我要做最後的確認，我布了一個局，後天就知道了，到底是阿金還是大頭仔。」

　　關天羽：「找出來以後打算怎麼做？」

　　「活埋他。」阿井抽了一口煙說，「身邊被警方安插了一個人，我竟然不知道！不曉得他是不是警察？如果是的話就麻煩了，阿金和大頭仔都幫我做了快10年，這10年來可能大大小小的事他都收足了證據。」

　　「如果不是呢？」

　　「不是的話就比較好辦。不是的話，就應該只是為了利益被警方收買，我們以往的證據應該不會有太多。」

　　「老大，我擔心一年前光頭明的事情，早晚會爆出來。我幹掉光頭明的時候，阿金和大頭仔都在。」

　　阿井深深歎了一口氣說：「不單是光頭名的事，還有那個檢控官的屍體現在還埋在山上，我已經去山上找過，想把他挖出來處理掉，可是找不到。那天我們去埋的時候，天太黑，一點月光都沒有，我們三個人拿著手電筒隨便找個地方就挖，現在那裏一眼望去是整片蘆葦長得跟我一樣高，根本沒得找，可是如果警方派人上去慢慢挖，慢慢找的話，遲早

會找到。」

「乾脆兩個人都幹掉好了！」

「我也想過，可是不能這樣，我要問出他到底是不是警察？還有警方到底掌握了多少證據，我才能在開庭前一件一件把它處理好。」

「幹，真麻煩！」

「不會太久的！」阿井吐了一口濃煙，「過兩天就知道了。」

晚上，大概9點多。

阿井、阿金、大頭仔在三溫暖的更衣室，穿好衣服，正要去夜總會。

阿井從更衣櫃裏拿出報紙包的一疊錢和一袋柚子大約有5、6粒，交給阿金，再給他一張紙條，「把東西給我送到這個地址，再回夜總會，你們兩個親自去。」

到了半路上，阿金對大頭仔說：「前面麥當勞停一下，我要小便。」

阿金進了麥當勞的廁所，馬上打電話給三組組長。

電話的另一頭，「你怎麼現在才講，我都來不及調人。」

「他10分鐘前才叫我把錢和水果送過去，我不能完全肯定是不是毒品的買家。我現在已經在路上了。」

「你想辦法拖延一下。」

「我儘量，我身邊還跟了一個人！」阿金把電話掛上，馬上走出廁所。

阿金離開麥當勞的時候，買了兩袋麥當勞全餐帶走，一進車子就把其中一包拿給大頭仔，「肚子有夠餓！吃了再走。」

大頭仔開心的接過手，兩個人花了八分鐘吃完才接著上路。

快要到的時候，阿井打電話來，「怎麼還沒到？」

阿金：「大頭仔去麥當勞用廁所。」

大頭仔在一旁開著車，聽了心裏很不是滋味。

阿井在電話裏說：「那邊不用去了，去另一個地方，虹中路和大業路，不要再拖了！」

「是，知道了。」轉向大頭仔說：「換地方，到虹中路和大業路。」說完馬上發短信，短信送出後，立刻刪掉。

10分鐘後，有短訊發到阿金的手機，『新的茶室沒有漂亮的姑娘。』

阿金看了短訊，皺上眉頭，腦子裏不停地轉。

25分鐘後，車子開到了虹中路和大業路交叉口。

阿金打電話給阿井，「老大，到了。」

阿井在電話裏說：「你拿錢到大業路三段26號，叫大頭仔把柚子送到虹中路四段59巷2號。」

阿金下車走到大業路三段26號，是一間中醫診所，進去後和其他等看病的人坐在一起，正要拿手機打給阿井，一個50歲左右的男子進來坐在阿金旁邊，故意打開皮包拿錢，讓阿金看到他皮包中的警員證。

阿金拿起一旁的報紙，眼睛盯著報紙小聲說：「是圈套，全部撤走！」

一旁的便衣警員拿出手機撥電話，「你跟大家說我不去了啦！腳痛得要命，現在在診所看醫生，下次再聚啦！……對啦！先回家啦！叫大家不要來了，不好意思！好，好，再見！」

大頭仔找到地址，一看是一間耳鼻喉科，下車提著柚子走進去。

關天羽走進中醫診所，看到阿金，走過來對他說：「老大叫我來拿東西。」

阿金：「怎麼是你？」把手裏的一包報紙交給關天羽。

關天羽：「走吧！回夜總會。」

大頭仔走進耳鼻喉科裏面，正要把柚子拿去掛號櫃台，

看到阿井坐在一旁的椅子上，「老大？……啊你怎麼在這裏？」

阿井：「我的朋友說今天沒時間來拿，走，回夜總會。」

兩個人走出耳鼻喉科，阿井上了大頭仔的車，開回夜總會。

阿井和大頭仔回到夜總會，進到董事長辦公室，關天羽和阿金已經在裏面。

阿井說：「天羽，你跟我出來一下，你們兩個在這裏等我，先不要走。」

阿金擦了一下頭上的冷汗，看大頭仔把香煙、打火機、手機拿出來放在小圓桌上，馬上對他說：「出去給我拿兩杯威士忌進來。」

大頭仔一出了辦公室，阿金馬上用最快的速度把自己手機裏的電話卡和大頭仔的調換，然後把自己手機中的記錄全部刪除。

大頭仔拿了兩杯加冰的威士忌走進來，阿金拿了一杯，在手裏晃了一下，一口氣喝掉。

大頭仔：「老大，你想阿井老大是在幹嘛？」

「我怎麼知道他在幹嘛？不該我們知道的就不要問，他怎麼吩咐，我們照做就好了。」

「也對！不過繞了一個晚上……」

　　阿井和關天羽在隔壁另一間房裏戴著耳機，聽他們兩人的對話，聽了快一小時，沒聽出什麼，兩人把耳機拿掉，再回到辦公室裏。

　　阿金看到他們兩人走進來，又灌下一杯威士忌。

　　阿井坐到辦公桌後面，說：「阿桃跑路的時間和路線只有我和你們兩個人知道，我不知道你們誰是抓耙子，我只問一次，是誰？說了我不殺你，讓我拿出證據，殺了你和你全家。」

　　看阿井一進門就這麼說，阿金和大頭仔都變了臉色。

　　過了半分鐘，辦公室裏沒人說話。

　　關天羽把槍拿出來，裝上了滅音器。

　　阿井：「想好了沒？決定要說了嗎？」

　　又過了半分鐘，關天羽：「老大重情重義給你們機會，想不到你們不領情！」

　　阿井：「今晚第一個地點我把地址給你們以後，想不到警方比你們還早到，我把第2個地點告訴你們以後，一大堆便衣又比你們早到。把手機通通拿出來！」

　　關天羽過去把兩個人的手機拿過來，按了幾下，把阿金的手機放到桌上，把大頭仔的手機拿給阿井看。

　　阿井看了一下大頭仔的手機，笑著說：「真有趣！怎麼

會有這種短信，『至誠路三段126巷9號3樓』，10點05分有人回『沒人』。」再用手指按了幾下，說：「『虹中路大業路』，這是發給誰呀？。」

大頭仔臉色一下變綠，說不出話，吞了一下口水，「阿井老大……我……！」再看向阿金，見阿金狠狠得拿起桌上的煙灰缸，迅速地往自己臉上砸下來，沒機會閃避。

阿金不停地連砸了大頭仔三下，直到大頭仔濺出一臉的血倒到地上，掉了幾顆牙齒出來，再破口大罵：「要不是你死去的大哥要我照顧你，你今天可以吃好的、喝好的！你這麼做會害死我知不知道！」

大頭仔兩隻摀著臉的雙手，血淋淋地打開，滿嘴的血口，支支吾吾得沒辦法把話說清楚。

阿金再大罵：「你給我跪好！你對得起阿井老大嗎？」

大頭仔轉向阿井，兩手往前伸說了幾句模糊不清的話，血從他嘴裏滴了一地。阿金突然從背後掏出一把槍，往他後腦開下去，大頭仔的前額血花四射，撲倒在地。

關天羽大吼著：「你殺他幹什麼？老大還有話要問他！」

阿金大叫：「證據都有了，還要問什麼？」

阿井穩穩地坐在椅子上，凶狠又疑惑的眼光直直盯著阿金。

阿金跪到地上，「老大，是我不會看人，是我用錯

人！」

　　關天羽把槍指向阿金，一臉火大又疑惑得慢慢走過去把他手中的槍拿下，搜了他全身，搜出一把彈簧刀，一併拿走退到一邊。

　　阿井狠狠看著阿金，好幾分鐘不說話。

　　終於，阿井向關天羽使個眼色，要他把槍放下，然後說：「把屍體給我處理掉，辦公室給我清乾淨。」然後走出辦公室。

　　關天羽還是很不放心多看了阿金一眼，再跟著阿井出了辦公室。

　　兩人出了辦公室，到大廳的吧台坐下。

　　酒保走過來，微微得彎腰說：「老闆，請問要喝什麼？」

　　關天羽帶著火氣說：「閃一邊去！」

　　酒保走開後，關天羽說：「老大，現在人都死了，沒得問了，怎麼辦？」

　　阿井皺上眉頭，說得很慢，「不太對！阿金是江湖老手了，剛才不應該這麼做！」

　　「阿金不讓他說話，會不會也有問題？」關天羽點上一口煙，用力吐了一口說：「搞成這樣！不然我現在進去把他也做了，乾淨一點！」

「絕對不行！警方到底掌握了我哪些東西，這太重要了！輸在哪裏都行，就是不能輸在法庭上，只要一進監獄，就別想東山再起。」

阿井想了很久，說：「去給我找抓猴的人來。」

阿金又去洗三溫暖。

走進蒸汽房，兩個人坐在裏面，阿金坐下，一直沒說話。

兩個的其中一個人說：「這是自己人。」

阿金馬上回頭對組長說：「你帶別人來幹嘛？嫌太少人知道是不是？我昨晚差點沒命。」

組長：「你緊張什麼？看清楚，他是昨晚在診所跟你接頭的小沈。」

阿金看了小沈一下，然後用眼尾瞪了組長，才不爽得說：，「昨晚跟本是個圈套，阿井在試探我，大頭仔運氣不好，代替我被殺了。」

組長：「誰殺了大頭仔？」

阿金：「關天羽。」

組長：「他現在還懷疑你嗎？」

「暫時是沒有證據，不過他對我的疑心越來越重。」

「依我看，他手上那幾條命，你出庭指證他就行了，檢控官那邊我可以先去談好，絕不起訴你，這是最快最省事的方法。

「你是瘋了？我跟你說過幾次了，絕對不可以這樣，到時候我走得出法庭，走的出台中嗎？他要是一關進去，會有多少手下想幹掉我來揚名立萬，好接他的位置，還有他心狠手辣的好兄弟阿桃，現在還在台灣，什麼時候會跳出來從後面給我一槍都不知道，到時候我不但沒辦法接他的位，接他的生意，還會有更多麻煩，這個方法絕對不行，不用再說了！」

「我和檢控官談過，他開賭開嫖，就算有人出來頂，也有把握讓他脫不了關係，至少關他兩年，你兩年內不夠時間把所有的權力都抓到手？」

「他現在身邊出了個關天羽，這家夥不好搞，恐怕不行。對了！你們再好好查一下關天羽，我看他和阿井兩個人搭得很有默契，不管是抓權還是抓生意，根本就是一個老手，他到底是哪裏冒出來的？以前是在哪裏混的？」

「上次查過了，他一點黑底都沒有，很乾淨！」

「不可能呀！做到他這份上有這些本事，誰在年輕的時候沒栽過一兩次？」

「我會再深入調查一下。阿桃的事你怎麼看？」

「阿桃一定還在台灣。過了昨晚，我現在必須很小心，查阿桃的事必須先停一下，否則真的會出亂子。我記得10年前我剛從『金龍幫』跳到阿井這邊幫他做事的時候，聽他說他日本時代的阿公，老是跟他說德川家康，所以他最崇拜的

就是德川家康，他後來竟花了一年鑽研德川家康的歷史，真的把自己的幫會和生意照德川家康的思維經營。他現在成為台中第一大幫，整個幫會的骨架被他以系統式的權力平衡建立起來，就算他倒了，群龍無首，他的幫會起碼可以再撐個五年。」

「他倒了的話，下面的人不會互相搶地盤嗎？」

「幫會的骨架勢力平衡，相互牽制，非常穩健，短期內不太可能。」

「這樣看來，他還是個經營的人才。」

阿金又回頭瞪了組長一下，說：「只要把阿井、阿桃、關天羽全關上五年，我就可以安心得上位。我保證到時候社會安定，你的紅包絕對不比現在少。所以千萬不能急，一定得讓我做到面面俱到，吃快不但弄破碗，連命都會沒有！」

「但也不要拖太久！我們署長已經被反對黨釘得滿頭包，他沒好日子過，我也不會有好日子過。」

阿金不耐煩地說：「知道啦！難道我想一輩子當老二嗎？」

下午4點多。

組長帶著兩個手下走進夜總會，見到幾個人推著一箱箱的洋酒進來，還有幾個服務生用吸塵器在清理地板。夜總會還不到晚上開門的時候，雖然裏面燈光明亮，卻仍是一股沒散去的煙酒氣息，呈如昨晚紙醉金迷的餘味。

組長對其中一個打掃的人說：「請你們老闆出來，說呂組長找他。」

組長和兩個手下靠在吧台坐下，阿井、關天羽、阿金從辦公室走出來。

組長對兩個手下說：「你們在這裏等一下。」一個人迎著笑臉向前走去，「阿井老大，氣色很好嘛！」

四個人一起進了一間VIP房，關天羽對一個正在掃地的員工說：「去拿一瓶XO和幾瓶綠茶進來。」

四個人坐下，隨便聊一些無關緊要的事，等員工把酒水端進來再出去以後，才漸漸聊入正題。

組長：「阿井老大，你在天環路那間嘉年華來了三隻蝴蝶，每個都是腰縮奶凸又屁股翹，臉又長得像明星，看來嘉年華今年的收入會是所有夜總會的冠軍！」

阿井：「你風聲還收得真快！天羽，交代嘉年華的經理，下次組長過去的時候，特別安排一下。」

組長笑得很開心，「阿井老大真是夠意思！現在做了

武林盟主，還這麼照顧大家，難怪從古至今，警匪永遠是一家。」

關天羽一臉不爽，「誰是『匪』啊？」

組長：「怎麼關老弟總是對我有意見？」

阿井笑著說：「組長這次有備而來，不要和他衝！」

阿金：「他哪一次出現不是有備而來，缺錢就來！」

阿井開心地笑出來，「哈哈哈哈……！」

組長也笑笑，喝了一口酒。

阿井對組長說：「你一支嘴滑溜溜的，也有被人削的時候，哈哈哈……！」又笑了出來，「天羽，去保險箱拿五百萬來。」

沒幾分鐘，關天羽提了一個旅行袋進來，放到組長面前。

這次輪到組長大聲笑出來，「哈哈哈……！不愧是老大，還沒到月底就提前交。」

阿井：「這個月夜總會的生意好，這是Bonus！」

阿金把臉轉向一邊，「缺錢到我們老大面前晃一下就好了！」

組長還是笑著臉，「你也不要把我講得這麼愛錢！我又不是拿錢不做事，你們接手四大金剛的地盤以後，賭場那邊好多小幫派也出來開賭，被我全都清掉了，大家現在是自己人嘛！」

阿井笑笑，「真會說話！來，乾一杯！」和組長碰了一

下杯子。

　　阿金：「講得真好聽！沒交錢的你們當然要抓。」

　　阿井：「好了！你們兩個每次見面都要吵。組長，有事情給你做，天明區、大業區、忠孝區、把這三個區的援交通通清掉，以後這三個區的車夫必須是我的人。」

　　組長：「那要把他們趕到哪裏？」

　　阿井：「這個隨便你。」

　　「那就要在這三個區同時出動不少人馬！」

　　「我什麼時候讓你白幹過？」

　　「還有另一個問題，這三區可是繁華區，車夫不下三百人，我全抓了沒地方關啊！」

　　「你到底做不做？」

　　「阿井老大吩咐下來我當然做，可是這三區範圍太大了……」

　　阿金：「你到底要多少？」

　　組長：「阿井老大這麼照顧我，說錢真是傷感情！」

　　阿井：「怎麼會呢！大家說清楚好辦事。」

　　「阿井老大真是太照顧兄弟了！這個……局長那邊要打點，各區警署要拜訪，白天班的都要加班，這個……我那份就不用了，每個月就一千萬吧！」

　　三個人全瞪著他不說話。

　　組長：「以後這三區的車夫要全是你的人，一年下來都

是好幾億啊！」

阿井笑著說：「一年下來好幾億，我下面的人不用發工資啊！辦好以後給你一千萬，每個月再給你三百萬。」

「這樣……一千萬沒問題，以後每個月三百萬太少了！一共3個區，全部八百萬我對下面的人才好打點。」

關天羽：「3個區你每個月什麼都不用做就要拿八百？」嗓門提高了不少。

組長：「話不是這麼說！援交這種事常常會有人打電話來檢舉，還有電視節目跟雜志來偷拍，這些局長怪下來，我壓力是很大的。」

關天羽：「不然這些事你都不要做了，我來做好不好？我沒那麼多人要打點，沒那麼多壓力！」

「你自己做不是不行，哪裏有我方便，效率哪裏有我快呢？」

關天羽：「你不要來搗亂就可以了，要不要看看我的效率？」

阿井：「你每個月抽八百，我還賺什麼？就四百啦！最多就這麼多了。」

「這樣吧！五百啦！大家稍微都讓一下。」

關天羽睜大眼說：「我你老母較好叻！你說八百就八百，五百就五百？」

組長一下收起了臉上的笑容，瞪著關天羽，再慢慢把

笑容露出來，喝了一口酒，「大家和氣才能生財！和氣生財！」轉向阿井，「一個車夫一個月可以賺六七十萬，這三個區加起來大約有300多個車夫，這300個位置讓你們全部占去，這樣算下來，一個月有兩千多萬。」

關天羽：「國家扣稅才扣多少，每個月兩千多你就要拿五百？」

阿井：「我的人全頂上去，這三區的色情行業全部換了一片天，情況到底怎麼樣還沒人知道，我不能給你五百。」

「煙、酒、嫖、賭，最不能斷的就是嫖，援交是穩賺的！」

關天羽：「穩賺是穩賺，賺多少現在誰知道？」

阿井拍了一下關天羽的膝蓋，要他緩和一點，再轉向組長說：「我只想做大生意，賺太少的我沒興趣，這件事就先放一邊吧！」

阿金：「真是好賺！早知道你爸也去讀警校！」

「好！」組長拍了桌子一下，「四百就四百！平時阿井老大對我也沒話說。」拿起酒杯敬阿井：「兄弟價，四百塊！」再敬關天羽和阿金，「那嘉年華的三隻蝴蝶，就幫我安排一下！」

阿金笑著說：「你是要一次一隻，還是一次三隻？」

「三隻一起好了！」

阿井：「有影無影啊你？」

原本越來越僵硬的氣氛，被組長轉成皆大歡喜！

關天羽為了不讓組長刺探他的背景，老是不給他好臉色看，話說沒幾句就撂面槍。

阿金為了表示自己不是抓耙子，總是抓適當的機會對組長吐槽，像和組長很不爽。

組長也不想讓這單生意在面前溜走，一張嘴對三張嘴談價碼，油嘴滑舌，能屈能伸得在黑白兩道中穿梭，不是一般人有的本事。

阿井是當今台中的霸主，一旁看著他們三個演戲，在最關鍵的時候敲板，這場戲的走向，一直在他的掌控之中。

四個人真真假假，隨時可以翻臉，也隨時可以稱兄道弟，這就是他們的「江湖」。

阿玲在七點多剛剛走進夜總會，在更衣室裏換衣服。

一個女服務生進來，「阿玲姐，經理請妳過去吃肉羹。」

「好，我知道了。」

阿玲走進關天羽的辦公室。

關天羽馬上笑著臉說：「阿玲啊！這攤肉羹是我朋友介紹在中華路有名的，妳吃吃看，哪一家比較好吃？」端過來給阿玲。

阿玲吃了幾口，關天羽說：「要不要加黑醋？」

「一點點就好。」

關天羽又走過來幫她滴了幾滴黑醋下去。

阿玲邊吃邊說：「很好吃！」

「哪一攤比較好吃？」

「還是菜市場口那家好吃。」

「他還有賣肉圓吔！」又端了一碗肉圓過來。

「不要了啦！吃太多等一下肚子突出來把禮服撐破了。」

「那我先幫妳收起來，晚一點再吃，我這裏有微波爐。」

阿玲點頭，「嗯！」擦擦嘴。

隔天，阿玲沒排班。下午五點起床，正想做飯吃，手機響起來，「阿玲我正好在妳家附近，我們去吃飯好不好？」

　　「不要啦！我老公隨時會回來，上班以外的時間你別找我啦！」掛了電話。

　　關天羽過了3分鐘又打來，阿玲看了一下來電顯示，沒有再接。

　　關天羽和阿井在河堤邊，兩人走得很慢。

　　「老大，阿玲對我還是非常死忠，這幾個月來連碰都不讓我碰。有多少次她就在我面前，我卻不能像往常一樣對她說心裏話，我實在太痛苦了！再這樣下去，我會活活憋死！」關天羽激動得對阿井說，「不如把真相告訴她好了！她知道事情的嚴重性，絕不會說出去的。」

　　阿井的腳步馬上停下來，沒表情得看著關天羽。

　　「阿桃，你玩過多少女人？交過多少女人了？」

　　關天羽不說話。

　　「告訴我，多少個？」

　　關天羽還是沒說話。

　　「我記得你和阿玲同居之前就交過兩個，和阿玲同居之後也交了有7、8個吧！這7、8個裏面你跟她們每個都交上至少有好幾個月，有些還交過一、兩年的，再加上阿玲，你對女人也算是很有經驗了。」口氣越說越大聲：「哪個女人

的嘴是守得住的？哪個女人不是知道了一點點事情就趕快打電話到處說的？她們有事不說放在心裏會死的，你還不知道嗎？江山、美人，今天我們把江山打下來了，你現在要的是江山還是阿玲？你如果要阿玲，就帶她離開台灣，永遠不要回來。要江山的話，就下決心，就算追不到阿玲，死也不告訴她。你考慮好再回答我，不要現在跟我說。好好想看看我們現在要什麼女人沒有？」

「可是我跟阿玲有20年的感情了！」

「做大事的人一生會碰到很多心裏的關卡，感情就是其中一關；要停留在當下還是朝自己的大業走下去都在你。想清楚告訴我，不要優柔寡斷。」

「難道沒有兩全其美的辦法？」

「我想不到，你想到了跟我說。」

兩人繼續順著河堤下游一直走下去，好一陣子都沒說話。

阿井先開口：「抓猴的人現在一天24小時把阿金盯得死死的，可是都沒有眉目，我必須再設一個局，讓他浮出來。」

「你打算怎麼做？」

「我們南區的分堂堂主圓仔，把每個月的帳搞得不清不楚已經一年多了，把你爸當做盤子！之前我在策劃四大金剛的事，幫會裏不想有什麼大動作，現在是時候了。過幾天

夜總會不是會有二十幾個從台北下來的七仔？先把風聲無意中放給阿金，再把製冰廠的地點也放給他，看他會有什麼動作？」

關天羽看著阿井，「老大，製冰廠價值好幾億，合算嗎？」

「幾億算什麼？沒有大餌他會上鉤嗎？抓耙子不現形，早晚整個江山都沒有。」阿井點了一支煙，再說：「色情光碟的生意越來越差，你去查一下怎麼回事。聽說白馬那邊常常有便衣來白嫖，你去看一下……」

組長的手下小沈，到戶政事務所看關天羽的資料，因為警署裏電腦關於關天羽的資料很少，有一點很奇怪。關天羽現在49歲，在市中心這個地址住了一輩子，49年前這個繁華的地區已經有房子了嗎？阿金說關天羽是阿井的初中同學，當年他為什麼會從這個地址跨越三個區去阿井上的初中呢？

戶政事務所的資料看了以後，小沈很失望，沒有比警署裏的資料多，連關天羽父母的資料也沒有。

「怎麼會這樣？」小沈想不通。

戶政事務所的員工在電腦裏又翻了一些檔案，「咦！怎麼會這樣？」，重新再打了一次，很多資料依然空白的，「會不會是有人刪掉，或是移民了國外很多年，所以身分證更新的時候沒來，戶口就變成不存在，電腦資料更新的時

候，就不會再輸入。」

現在唯一能查的，只能從阿井的背景下手。

小沈到阿井以前讀過的初中走了一趟，校長說：「20年以上的資料我們都沒有了，不過你可以問一下曹主任，她在這裏教了30多年，待的比我還久。」

曹主任還帶著老式的黑邊眼鏡，想了一下說：「阿井，吳田井……我記得，三代的流氓世家，走到哪裏都有一群人跟著，到處惹事生非；而關天羽……我沒印象。」

小沈覺得太不尋常了！再到出入境管理局查關天羽的出入境記錄，結果他連護照都沒辦過，他的父母也一樣。

組長對小沈說：「那就……採指紋吧！」

組長約了阿井和關天羽到牛排館吃飯，帶上小沈一塊過去。

四個人坐一張桌子，吃牛排喝著紅酒。

組長：「特別來跟老大你報告一下，援交的事進度很好，你吩咐的這三區，我們一共抓了四十幾個車夫，現在沒有一個車夫敢出來，這三個區基本上已經沒有援交了。這四十幾個車夫，都至少判個8、9年以上，你的人可以開始進去

做了。」

阿井：「不行，你要把他們抓完，不然我的人一進去，其他的車夫看了也會跟著再冒出來，援交市場裏還是會參雜其他人在做。」

組長：「如果是這樣的話……你再給我一點時間，我現在先放一下，讓他們以為風頭過了，再出來的時候，我一次把他們掃光。」

阿井：「可以，我不急，但是你也不要給我拖！」

「怎麼會呢？事情都已經做一半了，我也希望早一點拿到錢。」組長拿起酒杯，「來，來，來，我們乾杯，這件事再兩三月就可以穩穩當當！」乾掉了之後，再說：「今天這麼開心，喝XO好了！紅酒趴數這麼少，怎麼夠？」

小沈馬上叫了服務生，「開一瓶人頭馬，再拿四個杯子過來！」

買單的時候，組長熱情得說：「這次我來啦！」硬把阿井和關天羽推出餐廳。

關天羽說：「他這次怎麼這麼大方？以前帳單放在他面前都當沒看到！」

阿井：「援交的事辦好可以拿一千萬，這一點錢算什麼！」

小沈看他們走出去，立刻叫服務生不要碰餐桌上的東西，跑回桌邊，把關天羽碰過的兩個酒杯放進一個透明塑膠袋裏。

　　服務生：「先生，你不可以拿走！」

　　組長這時也走過來，掏出警員證，「這些是證物！」

　　阿井和關天羽回到夜總會。

　　兩人走進辦公室，看到沙發上阿金摟著一個媽媽桑，一只手在她裙子裏面，一見到阿井進來，媽媽桑馬上站起來，「董事長！」

　　阿金在沙發上趕緊把褲子拉好，咳了兩聲。

　　媽媽桑：「董事長，羽哥，我先出去忙！」扯了一下自己的衣服，趕緊走出辦公室。

　　關天羽笑了一下說：「這個媽媽桑看起來都60了，你也啃得下去？」

　　阿金：「老有老的好，她越老越騷，經驗多，招式也比較多嘛！」

　　阿井嚴肅得說：「明天白馬那裏會從台北調來二十幾個辣妹，好幾個都是檳榔西施，身材好的不得了，如果想的話，去那裏打一炮，幫我做大事的人，不要搞這種奇奇怪怪的癖好。你先出去，我有話跟天羽說。」

　　阿金摸了鼻子一下，慢慢地走出辦公室。

「工廠那裏，你馬上給我送……」阿井把話停下來，等阿金在門外把門關上，才繼續說：「那裏缺一些原料，馬上給我送過去。」

阿金把耳朵貼在門縫上，瞳孔不斷地放大，快速得走到吧台坐下點煙猛抽，然後看到關天羽拿著兩大袋「新東陽」的袋子走出來，朝大門口走去。

阿金心跳不斷地加快，把冰工廠挖出來，夠阿井和關天羽在牢裏蹲完下輩子，但……會不會又是一個局？

關天羽走出夜總會大門，阿金雙眼一直環繞著周圍，現在不到9點，沒幾桌客人，服務生各個看起來都正常，阿井辦公室的門還是關著。

到底要不要跟？

阿井的門還是關著，他還沒出來……

要跟嗎？

只要冰工廠一掀出來，阿井跟關天羽在牢裡鐵定關到死，幫會立刻大逆轉，馬上就可以上位！

雙眼緊閉，到底要不要跟？會不會又是一個局？

阿金站起來，慢慢得往大門走去，走得特別慢，看上去和平常沒什麼兩樣。

剛出了夜總會大門，就看到關天羽把車開走，停車場內就幾輛車，空空蕩蕩的，又開始猶豫起來。

還是走得很慢，上了自己的車，跟了上去。

要不要通知組長？不行，如果和上次一樣是個局，這次自己的嫌疑就最大，不能這麼做，先把地方弄清楚再說。

阿金跟在關天羽車後，到了一個貧民區，關天羽在這裏一直得繞，又回到那剛才走過的路，繞了有半個鐘頭。阿金為了小心起見，好幾次差點放棄。

後照鏡裏看到一輛計程車，馬上停到一邊，立刻下車伸手攔下計程車，一上車就說：「跟住前面那輛車，千萬不要跟得太近！」

計程車司機：「他怎麼又繞回到這裏？」

阿金：「你一直跟著就好了，千萬不要跟得太近！」

關天羽把車停在路邊，下車進了一家7-11，買了一罐伯朗咖啡，站在自己車子旁，慢慢地喝著，不斷地看著四周。

阿金坐的計程車，停得很遠。

阿金遠遠盯著關天羽，「這麼小心！」

司機：「你是警察？」

阿金看了司機一下，「對啦！」

「等一下會不會有危險？」司機說。

阿金又看了司機一下，「不會，他送東西而已。」

關天羽慢慢喝完手中的咖啡才上車，繼續上路。

又繞了快半小時。

「他實在是很小心！」司機說。

關天羽終於在一棟大樓前停下來，下車抽了一支煙，眼睛還是到處得看，抽完煙後，從車子裏提出兩個「新東陽」的袋子，走進大樓。

「快點！開到那棟大樓前面。」

阿金丟了一張1000元的鈔票給司機，「不用找了！」衝下車。

到了大樓裏的電梯前面，阿金看電梯停在9樓，又停在14樓，馬上轉身走出大樓再攔下計程車，回去拿自己的車開回夜總會。

第二天晚上7點左右，阿金到夜總會。

一進辦公室，看到阿井和關天羽正在看一個筆記電腦。

「新到的A片啊？日本還是美國的？」阿金說。

阿井：「你過來看看。」

阿金走到電腦前面，越看臉色越蒼白，冷汗穿透背心。

關天羽：「你怎麼臉色這麼難看？」笑著說。

阿井將筆記本電腦慢慢蓋上。

關天羽把槍拿出來，在手上慢慢的擦。

阿井：「你跟蹤天羽幹什麼？」

關天羽走到門口把門鎖鎖上，從口袋裏掏出滅音器裝上。

阿金腦子裏不停地轉，要怎麼說才說得通？要怎麼說才說得通？

對！我還沒通知組長，那個地方還沒曝光，「老大，我只是好奇。」

關天羽：「難怪大頭仔死之前有話說而你不讓他說。」

「老大！那個地方到目前為止還沒有曝光啊！」阿金的手開始發抖。

阿井：「話是沒錯，可是這件事你不該知道，卻知道了。」

「老大！我只是不爽關天羽跟在你身邊的時間這麼短，馬上就做你的左右手，我跟了你十年多了，阿桃不在，這個副手的位置應該是我來做才對，我只是好奇，他到底能幫你做什麼是我不能做的！」

阿井：「你反應很快，這麼說一點漏洞都沒有，抓耙子的罪名就擔不上，可是你這樣搜集我的罪證，光是這點就說不通了。」

「老大！這麼多年來我幫你賺這麼多錢，原諒我一次，每個人都有做錯事的時候！」

阿井慢慢地點頭，好像覺得有點道理。

阿金笑了出來，「多謝老大！多謝老大！」已經滿頭大汗。

關天羽朝阿金腿上開了一槍。

阿金立刻倒在地上抱著自己的腿，關天羽過去搜他的身，只搜出一把彈簧刀。

阿金哭出來，「老大！我真的不是抓耙子，工廠現在不是都好好的，表示我沒告密，我真的不是抓耙子！」

關天羽再朝阿金另一隻腿開了一槍。

阿金叫了出來，抱住另一隻大腿，「老大！阿桃出事，其實還有很多人知道他的路線，你想想看，漁船那邊的人，還有我們的電話可能都被監聽了⋯⋯」

關天羽又朝阿金的肩膀開一槍。

阿金再大叫一聲，眼中滿滿的血絲，痛得滿臉不知道是汗水還是淚水，「老大！你放我一馬，只要不殺我，叫我做什麼都願意！」

關天羽再朝他另一個肩膀開一搶。

「老大！我承認是死，不承認也是死，我求你讓我將功贖罪！」

阿井：「你還可以幫我做什麼？」

「現在台中已經是你的天下，我幫你把台南拿下來！」

阿井：「台南太小了，我沒興趣。」

阿井一說完，他的腿上又中一槍。

「啊——！」阿金轉向關天羽，雙手合璧，不停地拜，「求求你！不要殺我，不要再開槍了，我求求你！」再轉向

阿井，「老大！不要殺我，我把和組長說過的話，通通告訴你，我通通都告訴你！」

阿井對關天羽說：「等一下，我聽他說說看。」再轉向阿金：「不過你要是說謊或是有隱瞞，我一覺得不對勁的話，可就要你的命。」

「好！好！好！只要不殺我，我全部都說！我全部都說！」阿金吞了一下口水，「大概1年前，組長他到賭場那裏找我，說要跟我合作，捧我做老大，前前後後來了四五次，我都沒答應，一直到四大金剛被阿桃幹掉，他說只要讓他抓到阿桃，阿桃一定會供出你，我就可以馬上坐你的位子。」

關天羽走過來往他鼻子重重得捶上一拳，狠狠地說：「你也太小看阿桃了！」

阿金雙手蓋住自己滿血的臉，再度痛苦的叫出來，關天羽再往他老二踢下去，阿金整個人一臉痛苦躺在地上叫不出聲。

阿井：「不要把他打死！」

關天羽把阿金的頭髮往上一拉，讓他面對著阿井。

阿井瞪著阿金，「繼續說！」

阿金一臉的血，眼睛快要張不開，有氣無力得說：「我答應他……把你逃稅和兩宗命案都……告訴了他。」

阿井：「那他手上有證據嗎？

「沒有，只……是……知道而已。」

阿井點頭，「還有呢？」

「我把阿桃去港口的時間告訴他……可是時間很緊，他們……趕到港口的時候，阿桃……已經走了。」

關天羽一手抓著阿金的頭髮，另一手舉起拳頭，「我幹你娘的——！」

「阿桃！讓他說完。」阿井說。

阿桃？阿金兩眼睜得好大，全身動不了，眼珠子朝關天羽看去。

阿井不慌不忙得改口，「我說錯了！天羽，我要聽他把話說完。」

關天羽火大瞪著阿金，「大頭仔是不是抓耙子？」

「不是……」

阿井：「那他的手機怎麼會有那些短訊？」

「他的手機……電話卡被我調包了……」

阿井：「手下可以用來使喚、頂罪、還有當替死鬼，大頭仔做你的手下，真是沒有浪費！」點上一支煙吐了一口，再問：「現在警方手頭上有哪些證據？」

「都沒有，我……我只是跟組長說過……可是都沒有給他任何證據，是真的……」

關天羽：「你沒有告訴他屍體埋在哪裏嗎？」

「沒有……我留著，等……適當的時候，要跟他做……

交換的條件，我還沒有告訴他。

　　阿井：「你平時怎麼跟他碰面？」

　　「我們……我們發短信……，約在天后三溫暖……」

　　阿井：「會通電話嗎？」

　　「很少。」

　　阿井：「短信怎麼發？」

　　「要見面的話……就問對方要不要打麻將，……白天打就是可以見面，晚上打……就是今天不能見面，可以見面的話……再約時間，在蒸汽室……碰面。」

　　關天羽：「還有呢？」

　　「沒有了！……真的沒有了！」阿金的鼻血流進喉嚨，一邊吞著一邊說。

　　阿井吐了一口煙，說：「你的財產和女人，公司要沒收。」

　　「好！好！……」

　　「叫福州醫生來。」阿井說。

　　關天羽：「老大，真的不殺他？」

　　「他願意把財產和女人交出來，也算有誠意悔改了。叫廖律師來辦財產移交的手續。」阿井又說：「你在外面養了幾個女人？」

　　「3個……」

　　「叫他們現在全過來，從今天開始到白馬那裏上班。我

不斷你後，老婆和孩子就算了！」

「謝謝老大！謝謝老大！謝謝老大！……」

福州醫生過來把阿金身上的子彈取出，包紮好。廖律師再過來把一大堆文件給阿金簽了，阿金的存款、房地產、股票、四台跑車，一共價值3億多，全部轉移公司名下。

全部辦好了以後，關天羽說：「老大，真的不殺他？」

阿井：「馬上抬到山上去活埋。」

阿金立刻哭了出來，「老大，我全照你說的做了！你不能反悔啊……」

關天羽開心地過去把阿金的嘴用膠布封上，再對他拳打腳踢了十幾分鐘，洩盡跑路時候被出賣的憤恨，「幹你娘！敢出賣我，連我要坐船跑路了還不放過！你老母如果在的話，我連她都幹！」

阿金倒在地上，幾乎要斷氣，兩隻眼微微看著阿桃，不斷地露出震驚！

關天羽：「老大，把他老婆給我吧！幹不到他老母，幹他老婆也好。」

阿井：「隨便你，他岳母好像還在。」

「我跟他不一樣，老太婆我還真的幹不下去！我幹完他老婆後，連他的岳母一起交給白馬，先給他們打上3個禮拜的針再送過去！」說完拿出槍，再往他的頭上猛敲了好幾下。

「別把他打死！我要他嘗嘗被活埋的滋味。」

關天羽擦掉自己頭上的汗，「幹！再讓你多活一個小時。」拿出手機打給阿金的老婆，「喂！大嫂，我是天羽，阿金喝醉了，麻煩妳過來帶他回去，我們在夜總會。」

關天羽把車開到山上，從後備箱裏把阿金拖出來，發現他已經悶死在後備箱裏，於是挖了一個坑把他埋上。

警局三組辦公室。

小沈帶著指紋報告走到組長面前，一臉的疑惑。

組長看到小沈的表情，「什麼事？」

「關天羽他……沒有指紋！」

組長愣住，「怎麼會沒有指紋？」

「杯子上只有餐廳員工的指紋，沒有關天羽的，兩個杯子都是！」

組長很快地回想那天四個人一起吃飯的情景，親眼看到關天羽拿過紅酒杯和威士忌杯子在他面前喝過，慢慢地說：「原來他早就想隱瞞身分，早就把指紋磨掉了！」

小沈：「只有怕自己身分曝光的人才會這麼做，難道……他真正的身分不是關天羽？」

組長：「所有有黑道背景的通緝犯，資料跟相片全部找出來比對。」

小沈花了5天核對通緝犯裏有黑道背景的相片，還是找不到頭緒。

天后三溫暖的蒸汽室裏。

組長和小沈身上只圍著圍一條毛巾，組長：「幹！每次來都要讓我等。」

忽然進來6個滿身刺青的凶神惡煞，坐下後不避諱得一直看著他們。

　　小沈慢慢站起來，做出準備要動手的跆拳道動作，組長心中盤算著在這麼小的空間裏，等一下要怎麼動手，眼睛不停得打量他們每個人身上有沒有藏著武器。

　　接著阿井和關天羽走進來，阿井用很訝異的表情對組長說：「咦！你們怎麼在這裏？這幾個都是我的人，有沒有嚇到你們？」

　　組長擺出笑臉，「原來是你，你也來這邊洗！」

　　阿井：「阿金說他和人約了在這裏商量要害我，你們有看到什麼可疑的人嗎？」

　　組長還是一臉笑笑，「沒有啊！我們才剛來。有什麼人要害你，交給我們辦就好了！」

　　阿井：「不用了啦！這種小事我辦不了嗎？在台中有我辦不了和不知道的事嗎？」

　　組長：「那我們先走了，你們慢慢蒸！」

　　阿井：「不是剛來嗎？就要走啦？」

　　組長：「想到局裏有事還沒辦，你們慢慢蒸！」

　　阿井：「哦！好，那就不留你了。」

　　組長和小沈走出蒸汽室，又好好看了一下這六個滿身刺青的人。

小沈：「阿金出賣了我們！」

組長：「有必要嗎？多個敵人對他有什麼好處，他八成已經出事了。我太小看阿井！」

阿井親自到天后三溫暖走一趟，證實了阿金的話，心中很快做了盤算，對關天羽說：「叫王議員來見我。」

阿井要不惜代價把組長調離台中。

王議員來到夜總會，阿井早在貴賓房裏等他。

阿井一看到服務生領著王議員進來，馬上站起來和王議員熱情地握手。

一旁的服務生說：「董事長，我去請媽媽桑過來。」

阿井：「不用，我要和王議員談事情，我叫你們的話再進來，吩咐下去不要讓人進來。」

「是。」服務生鞠躬走出貴賓房。

阿井請王議員坐下，兩個人熱絡了一下感情，阿井就轉入正題。

「幫我把三組的組長調走。」

「這個……恐怕警政署長才有這個能力！」

「這件事讓你來搓要多少錢？」

「聽說這個署長是清的，可能不好辦。」

「那從市長那邊下手呢？」

「這……」王議員想了一下，「我來試試看。你想把他調到哪裏？」

「哪裏都可以，只要把他調離台中就行了。」

「好，我去見一下市長。」

「越快越好！」

「我知道了。」

阿井按了一下牆上的服務燈按鈕，不到半分鐘就有服務生敲門進來，「董事長您好！先生您好！」

阿井：「叫媽媽桑帶6個小姐進來。」

「是，董事長！」服務生鞠躬退出去。

阿井：「最近從台北找來了一批幼齒的，還不錯！」

一分鐘後，媽媽桑帶進6個小姐，在阿井和王議員前面一排站開，每個人都說：「董唉，您好！」

阿井：「這是王議員。」

「王議員，好！」6個小姐一起向王議員鞠躬。

王議員對阿井說：「阿井老大，你先挑！」

阿井：「你先！你先！」

兩人互相客氣一陣後，王議員選了3個小姐，3個小姐立刻坐到他身邊，另外3個就主動得坐到阿井旁邊。

阿井對媽媽桑說：「叫天羽過來敬王議員一杯。」

「是，我馬上去。」媽媽桑再對所有小姐說：「王議員是貴客，好好招呼啊！」走出貴賓房。

沒多久關天羽進來，立刻迎出笑臉，「王議員，你好！你好！好久沒見了……」

　　組長很清楚阿井在三溫暖擺出那樣的陣勢又不撕破臉是什麼意思。

　　那是在告訴自己，我已經知道你在後面搞我，我也有人可以弄你，今天我不出手，但是讓你知道我隨時可以奉陪。

　　那就不必再和阿井演戲了，這樣的事早晚會浮出水面，一浮出水面就是開戰。

　　如果現在要抓阿井，唯一的辦法就是一次把他弄翻，搞得他無法還手。

　　組長花了一天的時間和檢控官開會，討論有沒有辦法讓阿井坐牢，同時等候署長簽下拘捕令。

　　檢控官把組長提供的罪證一一攤在桌子上，「證據還是不充足，告不下來。」

　　組長：「如果從逃稅下手呢？」

　　「最多罰他個幾百萬，再補幾千萬的稅金。除非你能在拘留他24小時內從他的電腦裏找到逃稅10億以上的充分的證據，或是另一本帳簿，我就可以讓他進去蹲個至少7年是鐵定的，不過他的會計應該早就做了隨時被查帳準備，所以我勸你要有把握才這麼做。」

組長吸了一口濃煙，再慢慢吐出來。

　　檢控官：「我勸你不要在會計師上下功夫了，這種人都是數字上的老手。吳田井一定會有另一本帳簿或是備份的電腦記錄，最好從他身邊親信的人下手比較有用。」

　　組長自言自語：「他身邊的人……失蹤了，阿桃又不知道藏到哪裏，又摸不清關天羽他的底！……」

　　回到警局，組長一個人待在會議室沒有開燈，獨自思考了3個小時。

　　這時，小沈走進會議室，「組長，署長點頭了。」

　　組長慢慢站起來，到會議室門口把燈打開，「好！先去把他的律師和會計師抓起來，不要張揚。」

　　一個小時後，小沈回到警署告訴組長，阿井的律師和會計師已經扣押，兩個人的手機已經沒收。

　　組長：「告訴所有人現在開會。」

　　組長在會議室裏表情嚴肅盯著所有人，「準備逮捕吳田井和關天羽，我們只能扣留他們24小時，所以必須在24小時內找出任何可以起訴他們的犯罪證據。」

　　有些警員臉色立刻變得很難看，有些很震驚。

　　組長接著說：「我們這麼做就表示和吳田井正式攤牌了，不需要再對他們客氣。逮捕吳田井和關天羽之後，馬上

搜他們的家、夜總會、賭場、討債公司，全部翻個底朝天搜。所有人記住，24小時一過就不會再有機會了，大家一定要爭取時間找到能夠起訴他們的犯罪證據。所有網路警員全部留下來加班，進入他們的電腦，任何可疑的東西都進去看，不能放過。

如果發現阿金，無論是死是活立刻通知我。

查出關天羽的真實身分，沒有必要從他的名字上下手，正常管道我們都試過了，關天羽絕對不是真名字。

每個人手上的工作立刻放下，現在手機全部交出來放桌上，不要接，不要打出去，不要發短信，不可以聯繫家人。有兩支手機或三支手機的，每一支都要交出來，由小沈暫時統一保管，任務結束以後才能發回給你們。

手機上交後由小沈分隊，吳田井和關天羽逮捕以後，立刻分部突擊他們所有重要據點。所有人在局裡待命，這期間不可以用局裡的電話，不可以離開。」

一個小時後，一個警員進入會議室告訴組長，「組長，吳田井和關天羽已經銬回來了！」

組長說：「行動！」

阿井、關天羽進了警局之後組長再下命令，連阿井下面六個分堂堂主也全部「銬」到警局，分開問話。

每個人都是江湖老手，都知道一過24小時就必須放人，嘴巴全部緊得不得了，軟硬不吃。

　　電腦部門的6個警員全是電腦高手，各個聚精會神，不停搜索每一台搬回來的電腦，眼睛累了就點眼藥水，沒時間休息。便衣刑警帶一大批制服警員翻遍了阿井、關天羽和每個分堂主的家和辦公室，就差沒有破牆挖地。

　　不但找不到阿金，連他的家人和外面包養的女人都找不到。

　　3個小時過去，沒有任何有價值的線索，只剩關天羽的身分還能再查。組長堅信只要能揪出關天羽的真實身分，就可以當成把柄逼他和警方合作，整垮阿井。

　　關天羽知道警方在玩什麼，可是想不到組長他這麼帶種，竟然敢殺出這一步。關天羽眼帶凶氣，不發一語，24小時不長不短，不要浪費自己的體力和他們吵，4個小時過了，律師還沒來，可能在外面進不來，也可能不會來了，看來警方早已想好要怎麼玩。只要24小時一過，警方再扣留就是違法，他們敢不放人，我殺出去都可以，手上的手銬根本銬不住我。

　　又過了4小時，一個生面孔自稱是律師的人進來，遞上一張名片，「我是胡律師。」

關天羽看了名片一下，「廖律師呢？」

「他也被警方扣押了，吳天井先生和另外六個分公司的董事也都在局裏。吳天井先生要我轉告大家，撐過24小時就沒事，什麼都不要說。吳先生特別請關先生您小心，警方可能會在你的身分上做文章，不過您完全不必擔心，您的身分證上已經說明一切，其他不必多說，更不用做過多的回答。

晚飯我等一下會送過來，少喝水，警方或許會用各種理由不讓你上廁所，給你難堪，讓你情緒失控說出不該說的話。

有什麼我在外面可以幫你做的嗎？」

關天羽：「告訴在中正路『歡樂今宵』夜總會裏面的阿玲，我沒事，很快就會出來。」

「好，我等一下出了警局會立刻去辦。」

「她現在可能在睡覺還沒去上班，你等8點再去找她。」

「好，您放心，我會辦好。」

小沈在審訊室的鏡子後面另一個房間裏，「阿玲？他對這個阿玲蠻在意的！」

小沈打聽到阿玲在夜總會是屬於哪個媽媽桑管的，她不直接找阿玲，先朝媽媽桑的地址趕去。

媽媽桑被門鈴聲吵醒，穿著半透明的吊帶睡衣來開門，門一打開，胸口的兩只大白鯊指向小沈。

小沈震驚了一下，再看媽媽桑卸了妝的臉上牽著一絲絲的皺紋，如此大的反差！打了一個冷顫，立刻拿出警員證，「我是沈警官，請問方碧珠小姐在嗎？」

　　「我是，什麼事？」

　　「請問夜總會的阿玲是不是妳這一組的？」

　　「什麼事？」

　　「想請問妳關於阿玲幾個問題。」

　　「阿玲她出了什麼事？」拿起一旁桌上的煙點上，也不請警察進門。

　　「她沒事，是關於阿玲的朋友，我只是程序上需要來問一下。」

　　媽媽桑叼著煙，睏得兩眼半開，把頭靠在牆上，「我六十幾歲的人了，凌晨五點才睡，經不起你這麼折騰，你要問什麼快點問。」

　　「不知道關天羽和阿玲是什麼關係？」

　　「男歡女愛，還有什麼關係！」

　　「阿玲來夜總會做多久了？」

　　「不到一年。」

　　「什麼時候和關天羽好上的？」

　　「剛來就被關總追，兩個人關係還不錯！」

　　「阿玲以前在哪裏做？」

　　「我不知道，你自己去問她。」

「在夜總會裏她是妳在管的，妳不知道她以前在哪裏做？」

「有些年紀了還會到夜總會來做，都有自己不得已的地方，我只管她能不能幫我賺到錢，其他的我不問。」

「從她交稅記錄看來，她以前是在一家餐廳……」

「都跟你說了人家的過去和私事我不管了，我怎麼會知道？」

小沈心想：看來又是一個江湖老手，「她除了跟關天羽走得近，還跟誰走得近？」

「她跟誰都不近，不坐台的時候都泡在關總的辦公室裏跟關總談情說愛。」

「關天羽除了跟阿玲走得近，還跟誰走得近？」

「沒有了，關總只愛阿玲一個。」媽媽桑開始不耐煩，嗓門大起來：「你是問完了沒有啊？」

這時候一個二十來歲的小夥子，頭髮凌亂，只穿著內褲從睡房走出來，「什麼事啊？」

小沈看了他一下，「先生，你也在夜總會上班嗎？」

小夥子：「你是誰？」

小沈再次示出警員證，「我是沈警官。」

小夥子：「是什麼事啊？」

媽媽桑：「來問阿玲的事？」

小沈：「先生，可以看一下你的身分證嗎？」

小夥子回房裏把身分證拿來給小沈，小沈一看脫口說出：「才26歲！」看向小夥子，「你們是什麼關係？」

　　媽媽桑：「哭夭！你是問完了沒有？」

　　小沈手指媽媽桑，對小夥子說：「你知道她幾歲嗎？」

　　媽媽桑這下火大了，把眼睛睜大瞪著小沈，「不然你是要怎樣？中華民國那一條法律說不行，要不要叫你老母來試試看？你到底問完了沒有？你祖媽睡到一半被你叫起來問東問西的，我是欠你的啊……」越說越大聲。

　　小沈覺得再問下去也沒意思了，沒必要在這裏跟媽媽桑浪費時間，必須抓緊時間做必要的事，於是抄下小夥子身分證上的名字和號碼，「謝謝！不好意思打擾你們！」轉身就走。

　　「幹你老母較好了！」媽媽桑罵出來，「睡到一半把你祖媽挖起來跟你祖媽問東問西，這些戴帽子的就是這種叫小而已，還能幹什麼……」

　　小沈停下腳步，深呼吸了一下把氣沉住，還是決定爭取時間，沒有回頭繼續往前走，心想：今天算妳好運，早晚堵得到！

　　媽媽桑立刻打電話給阿玲。

　　小沈一上車就叫車裏等他的學弟，把警車上的紅燈和警

笛打開，爭取每一分每一秒趕到阿玲家。

電話響了好久，就是叫不醒熟睡中的阿玲，媽媽桑只好發了一條短信，「警察現在去找妳，說話小心。」

好了，能做的我都做了！媽媽桑回到臥房床上，閉上眼之前腦子想了一下，「關總可能出事了！」，抱住身邊的小夥子，合上眼很快就開始打呼。

趕到了阿玲家，小沈仍然叫穿制服的學弟在車子裏等他，因為人多反而讓人看了會有戒心。

小沈在阿玲家門口，大力敲門敲了約有10分鐘才把阿玲叫醒出來開門。

示出警員證後，小沈說：「我是沈警官，可以進來嗎？」

小沈一進阿玲家就眼睛一亮，擺在電視機上面的相片不就是通緝犯「阿桃」嗎？

「阿桃是妳什麼人？」

「是我老公。」阿玲的戒心漸漸升起。

「你們結婚多久了？」

「沒有結婚，」

「那只能算是同居。」小沈拿出小本子開始記錄問話內容，「妳上次見到阿桃是什麼時候？」

「去年2月23號，不是都問過了嗎？怎麼又來了？」

「我最主要是來請問妳關於關天羽的事，可以看一下妳的身分證嗎？」

「他出了什麼事？」

「我還不知道，是上面的人叫我來問一下，只是例行公事。」

阿玲皺著眉頭去拿皮包，把身分證交給小沈。

小沈登記了身分證後還給阿玲，接著問：「妳什麼時候開始在『歡樂今宵』上班的？」

「去年4月。」

「聽說關天羽是妳男朋友？」

「胡說八道！他只是我的老闆。」

「有人說妳上班的時候常常在他的辦公室裏面待很久？」

「沒有啦！哪有待很久。」

「那妳在他的辦公室都幹什麼？」

「就吃東西啊！」

「可是只有妳常常去，其他人沒有啊！」

「亂講！你不要聽別人胡說八道。」

「他有在妳這邊過夜嗎？」

「沒有。」

「你有在他家過夜嗎？」

「沒有。」

「這樣看起來，他還沒追到妳。」

「追什麼追，我都跟你講我有老公了！」阿玲開始厭惡起來。

「他平時有沒有跟妳說過一些關於他自己的事？」

「什麼事啊？」

「任何事都好。」

「沒有。」

「那你們在一起都聊些什麼？」

「什麼都沒有！」

「那你們平常都去哪裏吃飯？」

「都跟你說我有老公了！怎麼會跟他去吃飯啦！」阿玲開始不客氣起來，「我跟他說了幾百次了，他的聲音像阿桃，口氣像阿桃，走路像阿桃，可是我心裏只有阿桃，我不會跟他出去吃飯。這樣你懂了嗎？問夠了沒有，這樣你滿不滿意？」

人就是在情緒失控的時候容易有破綻。

「有看過他和什麼可疑的人接觸過嗎？」

「沒有。」

「他認識阿桃嗎？」

「不認識。」

「他平常和吳田井走得近不近？」

「不知道。」

小沈看得出來阿玲開始能推就推的一幹二淨，再問下去也沒什麼用，「謝謝妳合作！」，走出阿玲的房子。

進車子裏，回到警局的路上，小沈想到阿玲說的，「聲音像阿桃，口氣像阿桃，走路像阿桃，可是心裏只有阿桃。她真是江湖裏的忠貞烈女！」

一旁開著車的學弟說：「什麼都像阿桃，難不成阿桃去整形，把自己整成關天羽？」

小沈的臉漸漸變了顏色，慢慢轉向學弟，「這……可能嗎？……整個臉可以整到完全不一樣，一點都看不出來？」

學弟握著方向盤，直視馬路前方，「有什麼不可能，現在整容的技術這麼好，在韓國有多少女人整容以後嫁老外！」

「為什麼嫁老外？」

「因為老外沒見過她過去的樣貌，也不知道她的過去。」

小沈看著學弟，說不出話。

小沈一直沒出聲，學弟轉頭看了小沈一下，「怎麼啦？你懷疑關天羽是阿桃整的？」

「不是不可能。」

「整形過的臉有什麼跡象可以看得出來？」

學弟搖頭，「現在的技術看不出來，又不是整胸。除非找到幫他做整容的醫師，不過就算找到，醫師也不一定會說的，他一說出來，就沒人敢找他做了，不是砸自己招牌嗎！」

「整個台灣上千家做整容的，怎麼找？只剩下14個小時了。你以前怎麼沒說整容的事？」

「學長，我才剛來，菜鳥一個，我什麼身分啊？這麼大的案子，什麼時候輪到我說話？」

回到警局，小沈把阿桃整形的想法告訴組長。

組長和小沈在審訊室的鏡子後面看著關天羽，組長：「這……有可能嗎？」

小沈：「如果這是他把指紋磨掉的目的，就連的起來了。」

組長不停抽著煙，沒再說話，小沈不去打擾組長思考。

過了幾分鐘，組長說：「如果關天羽是阿桃，阿玲知不知道？」

「從剛才和她談過看來，應該不知道。」

「我來會會他！」組長透過鏡子看著關天羽說，「去把阿玲帶來。」

組長把阿玲帶進審訊室。

　　關天羽看見阿玲，愣了一下，把翹在桌子上的雙腳拿下來，說不出話。

　　阿玲看關天羽手上戴著手銬，怕是自己在警察面前說了不開說的話，一個字也不敢出聲。

　　關天羽看向組長，「你終於出來了，這半天你是死到哪裏去？」

　　組長看著關天羽，收起以往親切的笑臉，一點都不客氣得說：「幹你娘的！這裏是警察局，現在照我的規矩玩，給我坐好！」

　　這種語氣讓關天羽又愣了一下，可是馬上就站起來，「我幹你娘！你平時跟我們拿了多少錢？現在翻臉不認人！」

　　組長還是狠狠瞪著關天羽，「幹你老母！阿玲藏毒，20公斤海洛因，涉嫌販賣，起碼8年跑不掉！」

　　阿玲一聽就嚇到，臉色立即變得死白，「我沒有……」

　　關天羽叫了出來：「證據呢？」，馬上又對阿玲說：「阿玲，不要怕！他在嚇唬妳！」

　　組長：「我們在阿玲家搜出來的，搜索的過程還有錄影存證。」

　　關天羽眼中全是怒火，盯著組長說：「你就給我試試看！我不會放過你，除非你今天就把我殺了，你試試看！來

啊！」

組長：「阿玲，關天羽就是阿桃，他做了整容手術，可是他的聲音跟語氣沒有變，你們好好聚一下！」走出審訊室。

關天羽心裏又再一驚，看著組長走出審訊室的背影，恨到滿臉通紅，開始喘氣。

阿玲睜大眼看著關天羽。

關天羽：「阿玲，這是他們的手段，千萬不要信，他們在騙妳。」

阿玲看了關天羽好久，慢慢走向前，握住關天羽的手沒有說話。

阿玲開始流淚，不停流淚，終於說出口：「阿桃，我好想你！」，這是阿玲第一次離關天羽這麼近，她不會忘記阿桃的眼神，這是阿桃的眼神！

關天羽在阿玲面前用盡全力得說：「我不是阿桃，妳不要被他們騙了，沈住氣！」

「阿桃，你知不知道，有好幾個晚上我差點撐不過去，要從陽台上跳下去……」

關天羽叫了出來：「阿玲！」緊握她的手，「我知道妳想阿桃，可是我不是阿桃，千萬不要中他們的計！」

關天羽看阿玲已經失控了，再這樣下去自己早晚也會受不了！於是拿起椅子往鏡子摔過去。

鏡子一點裂痕也沒有，立刻再撿起椅子不停地往鏡子

砸，狠狠地砸，鏡子終於有了一道裂痕。

　　組長在鏡子後面露出笑容，「把他們分開，把關天羽帶到另一個房間。」

　　在另一個審訊室裏。

　　女警問阿玲：「妳覺得他是不是阿桃？」

　　此時阿玲已經恢複冷靜，重新整理了思緒，「不是。」

　　關天羽被帶進另一間審訊室，這次他雙手加了一條長鐵鏈扣住手銬。

　　組長一進來就說：「我可以放阿玲走，也可以讓她坐8年，一切看你了！」

　　關天羽：「還剩12個小時，我等和律師見了面再說。」

　　「你知不知道我可以讓阿玲兩小時內就開庭？」

　　「你知不知道就算我關在裏面也可以叫人把你幹掉？看誰先死！」關天羽笑了出來。

　　「好，我不會再讓你見律師。」準備要走出去。

　　「幹你娘！」關天羽又把椅子拿起來朝組長砸過去，可是手銬被鐵鏈拖住，只丟到組長跟前。

　　組長想不到，當下見了還是慌了一下，反意識下拔出腰間的槍往關天羽指去，躲開椅子時射中關天羽大腿，「幹你娘的！」故意往他大腿再開一槍。

用槍指著關天羽，「你娘的！你敢襲警。」轉頭對鏡子說：「帶阿玲過來！」

組長把阿玲推進審訊室在門外關上門，看見關天羽大腿流了好多血，阿玲再度失控叫出來：，「阿桃，你怎麼這樣？」跑到關天羽身邊。

關天羽滿頭汗，忍著痛說：「幫我把皮帶抽出來，綁住大腿。」

阿玲看關天羽大腿還是不停地流血，於是大叫：「快點叫醫生啊！」站起來跑到鏡子前，用力拍著鏡子，「快點叫醫生啊！快點叫醫生！……」

關天羽在地上把自己挪到牆邊靠著牆壁，「阿玲，過來！」

阿玲回來蹲在關天羽身邊。

「他們不會讓我死的，我一死好多線索都沒了。」

阿玲緊張得說：「你的腿還在流血！」

「妳坐下來，讓我抱住妳！」

阿玲坐到地上，讓關天羽抱住自己，關天羽緊緊摟著阿玲，在阿玲耳邊輕輕得說：「妳知不知道我有多想妳，傻瓜！」

阿玲再也承受不住，大聲哭了出來緊緊抱住阿桃。

「他們告不了妳，不要被他們嚇到……」

組長在鏡子後面，一看到關天羽在阿玲耳邊小聲說話，自己在這邊完全聽不到，馬上大叫：「快去把他們分開！」

　　兩名警員衝進來，把阿玲拉開。

　　關天羽笑著對阿玲說：「傻瓜，我說的都記得嗎？」

　　阿玲被兩名警員拉出審訊室，不斷點頭，淚水一直滴在地上。

　　阿玲進了另一個房間。

　　「只要妳證明他是阿桃，我們馬上就把妳放了！」女警員說。

　　「他不是。」

　　「那妳為什麼剛才一直叫他阿桃？」

　　「那是因為你們說他是，可是我看了以後才知道是你們騙我，他根本不是阿桃，他是關天羽。」

　　女警不管怎麼說，阿玲就是不承認關天羽是阿桃，不願和警方合作。

　　下午5點。

　　律師帶了一個排骨便當進來，看關天羽的大腿綁了後厚厚的繃帶，繃帶上佈滿了一大片血迹，「你的腿……？」

　　「他們說我襲警，在我腿上開了兩槍。」

　　「你有襲警嗎？」

「我拿椅子朝組長丟過去，他馬上朝我的腿開槍。」

「哎！」律師說，「你要沈住氣啊！他們只剩不到10個小時了，什麼醃臢的招數都會使出來，襲警的罪可不輕啊！」

「現在什麼狀況？」

「吳田井先生叫我又多找了2個律師，現在在外面待命，有什麼狀況可以隨時應付。不過還是那句話，撐過24小時就沒事了，現在只剩不到10個小時了！」

「他們把我的女朋友找來，硬說她藏毒，我女朋友根本不吸毒。」

律師的眼睛睜了一下，「你的女朋友現在在這裏？」

「對，你等一下去看看她，她叫李美玲。」

「好，我一定會去。」

「把我的便當拿給她。」

「我多買了好幾個便當在外面，我會拿一個給她，你放心！你們公司有幾個人已經開始被疲勞轟炸，我看他們接下來也會開始對你用疲勞轟炸這一招，你流了不少血，臉色不太好，要有心理準備。」

關天羽點頭，「他們的招數我看多了！我只是擔心阿玲她能不能撐得過去，雖然我已經提醒過她，不過這些人花招很多！」

「如果你的女朋友沒有藏毒，警方是告不了她的，只是

嚇嚇你們而已，這方面你放心。接下來警方問她話的時候，我會想辦法都在場。等一下我會先找醫生來看你的腳。我現在比較擔心的是你襲警，這可是10年以上有期徒刑。」

關天羽笑笑，「這不用怕，我沒前科，進去以後，大赦、特赦減一減，不用6年就出來了，更何況開庭以後，誰輸誰贏還不知道！」

「好，你能保持這麼樂觀是很好的事。」

「我的煙快抽完了，下次進來幫我帶一包3五。」

「沒問題，還有其他的事嗎？」

「沒有了。」關天羽朝天花板吐了一口氣，「千萬別讓他們把阿玲嚇到。」

「你放心，我會吩咐外面兩個律師，特別注意他們對李美玲的任何舉動。」

關天羽點頭，「嗯。」

「關先生，那我先出去，每隔一個小時我會來看你一次，有任何問題的話，也可以立刻要求外面另外兩個律師進來，這是他們的名片。」把兩張名片交給關天羽。

審訊室鏡子的另一邊。

組長、小沈、還有幾個警員和一個整容醫師。

「整個臉都做過了！」整容醫師說。

組長：「怎麼看出來的？」

「雙眼皮是割的，鼻翼和鼻頭都墊過，嘴唇變薄，兩邊的腮骨削過，臉比原來窄了，整個輪廓都變了，做得真是完美！他嘴唇一動，臉上的肌肉也跟著動，完美！」

「你可以拿出什麼證據，證明他的臉做過？」

「沒有證據。」

組長一臉木訥，「那你怎麼知道他的臉做過？」

「我做了三十幾年了，當然一下子就可以看得出來。」

「我們需要證據！」

「沒有證據，這個全憑經驗。你找其他任何有十年以上經驗的整容醫師來看，馬上就可以和我一樣看出來了！」

「在法庭上是講證據的，你們行內人憑直覺，拿不出證據是沒有用的！」

「那只好去找幫他做手術的醫師了，不過你們又說沒時間去找！或者……只要讓我在他鼻尖上畫一刀，就可以用夾子夾出他鼻尖和鼻翼墊的材料，他就沒話說了，不過……」整容醫師停住。

「怎麼樣？」組長說。

「就算能證明他整容過，你怎麼能證明整容前的他，就是你們要找的人呢？整容可以改變樣貌，但不能回復原來的樣貌，只可以『整』回原來的樣貌。在這個邏輯上，你們在法庭站得穩嗎？」

所有人一聽都呆了！

整容醫師又說：「證明了他整容過，但是他如果說整容前自己是李登輝都可以！」

小沈送整容醫師離開警局，組長一個人坐在辦公室裏抽著煙，一支接著一支，一定還有辦法的，一招一招地攻，一關一關地破，沒到24小時，說什麼都不能放棄！

組長端了兩杯咖啡，走進羈押阿井的審訊室，一杯放在自己面前，一杯放到阿井面前。

阿井看了桌上那杯咖啡，「組長，怎麼這麼晚才來，沒臉見我啊？」

組長沒有任何笑容，「是沒臉，你平常對我不錯，我這樣搞你，自己心裏那一關很不好受。」

「不好受？你還是做了呀！」

組長拿一支煙給阿井，再伸出打火機要幫他點煙。

阿井接過煙以後，把它折斷丟到地上，組長把點煙的手收回來。

「上面下來的壓力，我不做不行。」組長說。

「為什麼不跟我說？我可以給你幾個人讓你交差呀！」

「不行啦！餐廳太多人都看到阿桃的臉，他走出餐廳的時候，還被馬路上的攝像頭拍到。」

阿井搖搖頭，「你一向很聰明，怎麼會栽在這一步

上？」露出不可侵犯的眼神，「有什麼事是我處理不來的？」

「我現在就是來找你跟你商量啊！」

「你把事情搞成這樣，你覺得我現在有必要跟你商量嗎？」

組長微微地笑了一下，「我把阿玲抓到局裏，告她藏20公斤的海洛英，這可是不輕的罪。關天羽說他一個人全擔了，也承認自己做過整容手術，他說他自己就是阿桃！」

阿井閉上眼，不到半分鍾，就慢慢睜開眼笑了出來，「這跟我有什麼關係？他要擔就讓他擔囉！」拿出自己的香煙，點上抽了一口以後說：「其實他不是阿桃，他是周潤發！」再換個口氣說：「說話漏洞百出，你最近是怎麼了？老是說錯話、做錯事。」

組長皺了一下眉頭，說：「我是哪裏有漏洞？」

「現在才過了幾個小時？關天羽會這麼快就認輸嗎？」

組長的臉色變得不太好看，拿起咖啡喝了一口，說：「那談談我們吧！」

「可以呀！」

「檢控官手頭上有你厚厚的一疊資料，你逃稅超過2億，光這一條，可以關上你至少7年。」

「還有呢？」阿井看了一下組長，「拿七年來跟我談，你頭腦是哪裏生鏽了？你知不知道過了24小時以後，只要我

走出這裏，開庭前你會發生什麼事嗎？」

「幹什麼？威脅我啊？」

「威脅你？你怎麼把對一般老百姓的這種二流談判伎倆拿在我面前耍？」

組長臉色變得更難看。

阿井繼續說：「威脅你？」把手指到組長的鼻子面前，狠狠地再說一次，「你知不知道過了24小時以後我走出這裏，你會發生什麼事嗎？」

「我幹你娘——！」組長罵出來。

「我幹你娘的！」罵得比組長還大聲，「有本事不要讓我走出這裏，還有什麼招數全部拿出來！」

「好，我死也不會讓你出去！」

阿井依然瞪著組長說：「太好了！我要是出去了，你是不是就會死？不要忘記你誇下的海口，如果你不死，要不要我幫你一把？你收賄的次數和金額也夠你蹲下半輩子了！」

「我沒準備好的話敢把你拉進來？」用手去搓阿井的頭。

阿井立刻抓住組長的手指，用力一折，把他兩根手指折斷。

組長痛得大叫出來，伸手要去腰間拔槍，阿井站起來指向牆角的攝像頭，大聲說：「你開槍啊！開槍呀！我外面三個律師現在就盯著，絕對不會讓你把錄影洗掉。」大叫：「掏槍呀！」

好幾個警員衝進審訊室，把組長往後拉。

阿井：「敢碰我，幹你娘的！」往組長臉上吐了口水，「千萬別讓我走出去，你知道會發生什麼事嗎？我幹你娘的！」

其中一個警員指著阿井大罵：「坐下！不要忘記你在哪裏。」

組長氣得臉紅爆青筋，說不出話。

阿井狠狠瞪著其他警員大罵：「怎麼樣？想怎麼樣？幹你老母的！你們幾個連跟我談判的資格都沒有。」

組長被拉到審訊室外面，嘴裏不停得幹！

一個女警一旁不停地說：「告他襲警！告他襲警！……」

「哭夭！」組長大叫，「這種傷，能告到他什麼？法官要是看到錄影是我先動他的，能不能告下來都不知道！」

組長一個人走出警局，在馬路上走了一個多小時，才把心情慢慢冷靜下來，回到局裏，看到幾個警員一直在跟兩個律師吵。

組長大聲說：「幹什麼？在這邊大小聲的！」剛剛才平熄的火現在又要升上來。

小沈立刻走過來，「兩個律師吵著要拿剛才阿井那一間的錄影，一個律師在電腦主控室那邊盯著。」

組長一個頭兩個大，轉身走進會議室把門關上，想讓自己安靜一下。

　　沒多久，小沈走進來，「組長，剩不到7個小時了！」

　　「你先出去，讓我好好靜一下。」

　　小沈走出會議室，把門關上。

　　組長心想，現在三個律師守在外面，好多事都不能做⋯⋯幹！

　　忽然外面又吵起來，組長忍不住走出會議室馬上就破口大罵：「讓我靜一靜行不行？」罵了以後，臉色立刻就很難看。

　　黃議員、王議員、還有三個民意代表，吵著要見署長。

　　王議員一看到組長，就跑過來在組長面前大吼大叫：「你有什麼證據，拿出來呀！我要見局長！⋯⋯」

　　組長大叫：「把他們帶到會議室裏去，我去叫局長下來。」

　　這些人不願意進會議室，擺明就是來鬧的。王議員還指著組長破口大罵：「你這樣做是犯法的！不要以為我沒辦法對付你，明年這個時候我就讓你去守動物園，跟那些畜生在一起看夕陽過日子⋯⋯」

　　組長兩手抱住王議員，用膝蓋大力得頂上去，「我說我去找局長了，你還鬼叫什麼！台灣就是你這種壞模範，把百

姓教得什麼事都不好好講，都要用吵的！」

　　王議員一下沒了聲音，抱住自己大腿內側蹲到地上去，組長把他拖進會議室裏，還有其他人加上2個律師，都硬被推進會議室裏面，組長吩咐人馬上把門鎖起來。

　　小沈：「組長，這樣不太好吧！」

　　「已經豁出去了，沒有什麼好不好的！現在只要能證明關天羽就是阿桃，什麼事都好辦！」

　　小沈叫人拿椅子頂住會議室的門，不能讓他們把門踢開。

　　組長一個人回到自己的辦公桌坐下，看著牆上的時鐘，時間似乎越走越快，剩下4小時。

　　再抬頭看時鐘，剩下3小時。

　　剩下2小時。

　　小沈按捺不住，來到組長面前。

　　組長抬頭看了小沈一下。

　　「組長，只剩兩小時了！」

　　組長沒說話。

　　小沈又再走到組長面前，

　　「組長，只剩1小時了！」

　　組長嘆了一口長氣，過了好久，終於開口：「告阿井襲

警、逃稅。告關天羽襲警。李美玲藏毒。六個分堂主把他們放走。告三個律師和那些民意代表、議員妨礙公務，破壞司法公正。把所有新聞記者都叫來，拍下他們的嘴臉，然後立刻送去開庭。」

「組長，這樣……不太好吧？」

「有什麼不好？」

「李美玲藏毒……」

「我知道告不下來，只是做最後的嘗試，給關天羽一些壓力，看他會不會為了李美玲妥協？」

「那幾個律師和民意代表和市議員，也應該告不下來。」

「我也知道，我只是要他們難看。」

「這些政客都官官相衛，搞了他們幾個，到時候拖出一大堆怎麼辦？」

「已經走到這個地步了，怕什麼？」

「你不怕阿井他們對你不利？」

「事情搞到這樣，報復是難免的，他們還不至於敢殺警察吧！那幾個律師、議員和民代，扣他們24個小時再送他們去開庭，不要給他們吃東西、不要讓他們上廁所。」

組長走進羈押關天羽的審訊室，拿出一張阿玲藏毒的公文，「移送你的女朋友之前，最後一次問你，合不合作？」

關天羽大笑：「哈哈哈哈……！時間快到了，你應該問我可不可以放過你？哈哈哈哈哈……！」

「你等一下就可以見到李美玲，你們將會一起移送。」

「我幹你娘的！哈哈哈哈……！」

組長走出審訊室，沒有表情，他知道，整盤都輸了！

阿井襲警，出於組長要攻擊他頭部而自衛，罪名不成立；逃稅罪名不成立。

　　關天羽襲警罪名成立，由律師出面與警方以100萬達成和解。

　　李美玲藏毒，罪名不成立。

　　二位市議員、三位民意代表、三位律師合夥妨礙公務，破壞司法公正，罪名不成立。

　　署長與局長要找組長開罵，可是找不到人。

　　一年後，組長在雲林縣他新調任的一個小鎮裏，值班外出時車禍身亡。法醫報告，組長在出事時體內含有大量酒精，血液中的酒精濃度約有兩瓶高粱之多。局裏的同事說，組長上班時間從不喝酒，喝了兩瓶高粱更是不可能。

　　阿桃和阿玲在柬埔寨的機場，兩人遠遠看到阿井從入境口出來，阿桃跑過去抱住阿井。

　　阿井：「來一年多了，習慣了沒有？」

　　阿桃：「這裏什麼都比台灣便宜，家裏佣人就請了三個，一個服侍我，一個服侍阿玲，一個服侍我媽，活得像皇

帝一樣，太不習慣了！」

「哈哈哈哈！」阿井開心得笑出來。

三個人上了一輛賓士。

阿井：「你還請了司機啊？」

阿桃：「一個月台幣兩千塊，不請對得起自己嗎？」

阿井又笑了出來。

到了阿桃家，兩兄弟坐在前院喝著啤酒。

「組長在雲林已經被我處理掉了。」

「我聽說了。」

「新來的組長更貪，每次跟他談都……」，阿井說了一會，看阿桃好像沒什麼興趣聽，便停了一下換了話題，「你現在大部分時間都在做什麼？」

阿桃笑著說：「種種菜、陪阿玲、陪我媽，看書。」

「看書？」

「是啊！阿玲幫我在台灣的網上書店訂了不少書，從台灣寄來，不用一個禮拜就能到，現在網絡幾乎什麼都能幹，真方便！」

「我們當初就是不喜歡讀書才走上江湖路的，想不到你現在居然會看書？」

「我現在每天看兩個小時的書，平均一個月看5本，去年年底開始戴老花眼鏡了，眼睛覺得吃力了，不然真希望每

天都可以多看一些。」

阿井覺得很有趣，笑了起來。

阿桃又說：「剛來的前半年，真是想台灣想得快發瘋，好幾次差點衝動得立刻到機場買張機票回去，後來參加這裏的台灣商會，可以和一些鄉親用台灣話聊天，好了不少，不過跟這些商會的人，到頭來還是只有吃吃喝喝。一年以後適應了這裏的生活，適應了這裏的平淡，就不再去想了。每天陪我媽說說話，和阿玲去買菜，看書，種菜，久了以後，這種平淡給我一種從來沒有的寧靜，我內心慢慢有了快樂，跟以往很不一樣的快樂。現在酒喝得很少，也不會像以前在台灣的時候想到處動。我現在和阿玲是分開一天都不行，我們喜歡這種平淡的快樂，都不想再回台灣了。」

阿井笑著說：「聽你的口氣，怎麼像個修行人？」喝了一口啤酒再說：「台中我們打下來的天下，有一半是你的。」

「老大，我有時候會對自己以往做的事，感到有很深的罪孽，還好自己是個堅強的人，不看過往，不想過去，否則心中會被這種內疚給拖死。」

阿井皺了一下眉頭，「你最近是信佛了嗎？」

「沒有。」

「再過幾年我把四大金剛的案子搓平了以後，我要你回來。」

「到時候再說吧！」

「好。」兩人碰了杯子。

這幾天阿桃帶阿井到處遊覽，到處吃、到處看。

第五天，阿井臨走的前一天晚上，兩人又坐在前院的藤椅上喝著啤酒。

阿井：「阿桃啊！你以往的豪氣和霸氣我現在一點都看不到了，說話像個普通老百姓，看這種跑路的環境把你搞成這樣！」

「老大，我現在覺得這裏真是天堂，台灣過去的威風和痛快，我真的一點都不懷念，這裏的物質生活比台灣差，生活比台灣落後，一點都不會影響我內心的快樂。」

「你真的沒在修行？」

「或許是這個環境把我修行了，我對酒、色，都能放得下，我自己也沒想到，能完全做到『隨遇而安』。」

「那看來是你這間房子的風水不錯，很有靈氣！」

「要不是因為整了容，我現在也無法跟我媽和阿玲在一起。這個整容手術讓我的人生可以重新開始，雖然和我想的不一樣，可是我很快樂。」

「難道當初你在台灣所受的氣，挨刀、挨槍所建立起來的霸業，就這樣放手而去？」

「很難放，可是一旦放了之後好輕鬆。

雖然放了，可是一點都沒覺得過往是白走，因為交上你這個重情重義一統江湖的老大，認識了我一生最愛的阿玲，沒有走過以前的路，現在怎麼能靜下心來好好孝敬我阿母？這些用錢能買得到嗎？」

　　「你到底是怎麼了？」

　　「老大，如果人生可以重來，你會想怎麼走？」

　　「我會進警校。」

　　阿桃笑著說：「想當雷洛啊？」

　　「一點都沒錯！我們黑虎幫從社會底層打打殺殺上來，多辛苦，還要給這些戴帽子的面子，賺的錢讓他們抽，防他們這個、防他們那個。

　　這些人警校一出來，馬上就可以踩在我們頭上。我們搶別人的，他們搶我們的，他們只有比我們更黑。」

　　「哎！年輕的時候我們不愛讀書，就是這種命了。」

　　阿井吐了一口煙，「接下來要做什麼？總不能種菜種一輩子吧！」

　　阿桃笑了起來，「我倒真的想種一輩子的菜，吃自己流汗所種的菜，享受天在養人的生活，有時候覺得老天真是眷顧人，後院這兩坪大的小菜園，收成的菜我們常常吃不完，還要拿去送鄰居。種菜讓我的生活靜下來，心也跟著靜下來，心靜下來之後會有快樂，原來人的內心最底層，是快樂。以前在台灣，我們的生意太多了，要忙的事情太多了，

根本沒機會靜下來。」

阿井笑笑不再說話，不想再聽阿桃說這種人生哲理的話，他的心中只有「經營霸業」。

第二天早上，阿桃和阿玲送阿井到機場。

三個人一起走到機場移民局的入口。

「老大，你的錢在這裏可以過上皇帝的生活，過上十代也花不完，放得下的話，過來做我的鄰居，我們可以無話不說。」

阿井戴上太陽眼鏡，用力拍了阿桃的肩膀，笑著說：「要回台灣跟我說一聲。」沒有一點不捨的婆媽，只有一身江湖大哥的灑脫，轉身走進移民局入口。

阿桃和阿玲看著阿井在櫃台辦好手續對他們揮手。

「老大，到了打電話來。」阿桃對阿井喊著說。

「老大，一路順風！」阿玲不斷對阿井揮手，一直到看不見他的背影。

阿桃牽著阿玲的手，就像平常兩人一起去買菜的時候一樣，甜甜的、默默的、微微地笑著，走向停車場。

七年後，阿井在台中死於胃癌。

阿桃想了三天三夜，決定不回台灣。

電話裏聽阿井的大老婆說：「其實阿井很堅強，他不對

外說，事實上他兩年內做了三次化療。唉！第三次化療前，他整個人瘦得像猴子一樣，他跟我說這次化療做完，要帶我搬到柬埔寨，只帶我去。我當時很感動，他在外面那麼多女人……，不過我那時候曾經猶豫，一把年紀了，要不要跟他離開台灣？唉！如果他第三次化療可以挺過來的話，我一定會跟他去。他還說要在你家旁邊買一棟房子住，做你的鄰居，可是現在說這些有什麼用呢？」

　　阿桃掛了電話了，一個人坐在客廳紅了鼻子，眼眶積滿了淚水。

　　阿玲走到客廳，過來抱住阿桃，把他抱得緊緊的。

　　還有兩個五歲的女兒，也過來抱住阿桃，她們是阿桃和阿玲三年前在當地孤兒院領養的小孩。

上帝給人其中一樣美好的恩典是

　　每天清晨起床的時候，都是人生新的開始，

　　沒有必要被昨日牽絆，卻能留住昨日的美好！

┌─────────────────────────────────────┐
│ 國家圖書館出版品預行編目 │
├─────────────────────────────────────┤
│ 第二面孔 / 翊青著. -- 臺北市：獵海人， │
│ 　2021.10 │
│ 　　面；　　公分 │
│ 　ISBN 978-986-06560-9-1(平裝) │
│ │
│ │
│ 863.57　　　　　　110015132 │
└─────────────────────────────────────┘

第二面孔

作　　者／翊青

出版策劃／獵海人

製作銷售／秀威資訊科技股份有限公司

　　　　　114 台北市內湖區瑞光路76巷69號2樓

　　　　　電話：+886-2-2796-3638

　　　　　傳真：+886-2-2796-1377

網路訂購／秀威書店：https://store.showwe.tw

　　　　　博客來網路書店：https://www.books.com.tw

　　　　　三民網路書店：https://www.m.sanmin.com.tw

　　　　　讀冊生活：https://www.taaze.tw

出版日期／2021年10月
定　　價／250元